모든 날
모든 순간,

내 마음의
기록법

모든 날
모든 순간,

내 마음의
기록법

박미라 지음

고단한 마음을 보듬고
성장을 돕는 153가지
글쓰기 매뉴얼

그래
도봄

치유적 글쓰기의 기본은 떠오르는 대로 자유롭게 쓰는 것입니다. 하지만 글쓰기 주제에 맞는 기법을 잘 사용하면 효과가 배가되는 걸 알 수 있습니다. 부담을 느끼지 않으면서, 놀이하듯 재미있게 글을 쓰는 것은 지속해서 글을 쓰는 데 아주 중요합니다. 이제는 성실과 인내만으로 고행하듯 마음 공부하는 시대가 아니니까요.

처음엔 외국의 저명한 글쓰기 치료사들이 소개한 것을 따라하기도 했습니다. 그런데 한국적 정서에 맞지 않다는 걸 알게 되면서 이런저런 글쓰기 기법을 계속해서 개발했습니다. 참여자의 거주 지역, 나이, 성별, 집단의 특성, 학력 등에 따라 매번 다른 글쓰기 방식과 기법을 만들었고, 그렇게 나름의 노하우가 축적됐습니다.

그런데 문제가 생겼습니다. 참여자들이, 다양한 기법이 주는 치유적 힘에 감탄하자 어느새 저는 애착을 넘어 욕심을 부리기 시작했습니다. '내가 개발한, 나만의 아이디어로 만들어진 피 같은 글쓰기 기법을 아무에게도 뺏기지 않을 거야' 하면서 전전긍긍했지요. 그런 제 모습에, 대동강 물을 팔던 봉이 김선달이 자꾸 오버랩 됐습니다. 설화 속 봉이 김선달은 돈을 받고 강물을 팔 수 있다고 사람들을 속인 인물이지요.

글이란 것도 일종의 물과 같아서 글자를 배운 사람이라면 누구나 쓸 수 있고, 글을 쓰는 순간부터 누구나 그 치유적 힘을 경험할 수 있습니다. 그런데 하늘 아래 새로울 것 없는 글쓰기 방법 몇 가지를 끌어안고 저작권 운운하며 아까워하고 있었던 거예요.

욕심으로 노심초사하던 마음에서 해방되려고, 지난 17년간 모아둔 치유적 글쓰기 방식을 책으로 만들어 여러분과 나누기로 결심했습니다. 대부분 현장에서 참여자들과 함께 시도했던 방법이고, 무엇보다 저의 마음공부를 위한 도구가 되어준 것들입니다. 제가 아는 것을 모두 담지는 못했지만 가장 중요하고 효과적이었던 방법 위주로 소개했습니다.

만약 치유적 글쓰기에 대한 더 깊은 이해와 사례 글이 필요하다면 저의 또 다른 책《상처 입은 당신에게 글쓰기를 권합니다》를 참고하기 바랍니다. 자신이 하는 일에 대해 많이 알수록 믿음이 생기고, 믿음이 생기면 더 열의를 가지고 지속할 수 있게 되지요. 이 책이 그런 안내자가 되어줄 것입니다.

사람들의 의식이 높아지면서 바야흐로 마음 공부의 시대가 됐습니다. 자신을 돌보고 자신에 대해 알고 싶어 하는 사람들이 많아지고 있다는 걸 체감합니다. 현장에서 만난 많은 분들이 나이와 지위에 상관없이 자신을 이해하고 자기답게 살기를 간절히 원합니다. 특히 의식 성장과 자기실현을 위해 꾸준히 노력하는 분들이 눈에 띕니다. 가랑비에 옷 젖듯이 조금씩 끊임없이 노력하다 보면 그 결과로 의식의 변화와 성장이 가능해진다는 사실을 다들 알고 계신 것 같아요.

그런 분들을 위해 이 책을 썼습니다. 혼자만의 고요한 시간에 매일 조금씩 글을 쓰거나 여럿이 함께 글을 쓰고 나누면서 자신을 만나는 지극한 기쁨을 누리길 바라는 마음으로, 치유적 글쓰기를 충분히 경험해볼 수 있는 '치유 실습서'가 되기를 꿈꾸며 만들었습니다. 153개 이상의 글쓰기 기법은 현대 심리학에 근거를 두고 있습니다. 정서적 해소와 재경험, 직면과 탈동일시, 투사, 무의식의 의식화, 그리고 인지행동치료와 수용전념치료, 더 나아가 분석심리학과 영성심리학에 이르기까지 다양한 이론을 참고했고 의식 발달의 전 과정을 돕는 방식으로 구성했습니다.

각 파트를 시작할 때 목표와 이론적 근거, 주의할 점 등을 안내했고, 글쓰기 실습 중간중간 구체적인 글쓰기 팁을 실었습니다. 혼자 작업하더라도 누군가의 친절한 안내를 받으며, 함께하는 느낌이 들도록 노력했습니다.

이 책을 마중물로 더 기발하고 탁월한 글쓰기 아이디어가 만들어지고 세상에서 소통됐으면 좋겠습니다. 개인과 크고 작은 집단이 자기 성찰과 치유를 위해 글쓰기 방법을 만들어내고 그것이 인터넷과 SNS에서 공유되는 식으로 말입니다. 그렇게 치유적 글쓰기가 커다란 강물로 흘러 누구든 풍요롭게 퍼서 쓸 수 있었으면 하는 꿈을 꾸곤 합니다.

매일 글을 쓰는 삶, 날마다 성장하는 삶을 위해 이 책을 선택한 여러분을 환영합니다. 이 책이 제시하는 153가지의 글쓰기와 마무리 글쓰기를 모두 마치는 날까지 함께하는 마음으로 응원하겠습니다. 파이팅!

2021년 가을
박미라

책
사용설명서

첫째,
**이 책이 안내한
순서에 맞춰 쓰면
더 효과적입니다.**

이 책은 의식의 성장 과정에 따라 구성됐습니다. 엄격하게 모든 순서를 지킬 필요는 없지만 대체로 다음처럼 단계별로 작업하세요.

- 1단계: PART 1~PART 3
- 2단계: PART 4~PART 7
- 3단계: PART 8~PART 10
- 4단계: PART 11
- 마무리 단계

각 단계 안에서는 순서를 바꿔도 좋습니다. 그때그때 당신에게 가장 필요한 것을 골라 작업하세요. 다만 같은 종류의 글쓰기(은유와 비유로 글쓰기, 목록 쓰기, 부치지 않을 편지, 4일 연속 글쓰기 등)는 순서대로 작업하는 게 더 좋습니다.

이 책에 소개된 글쓰기를 빠짐없이 따라 할 필요는 없습니다. 어떤 글쓰기는 당신의 경우와 맞지 않을 수도 있으니까요. 그럴 땐 건너뛰거나 자신에게 맞는 방식으로 변형해서 사용하세요. 각 파트마다 대체로 80% 이상 작업하는 걸 권합니다.

둘째,
**자신에게 맞게
응용하세요.**

셋째,
글쓰기 작업 후에
마무리 글쓰기를
해보세요.

모든 글쓰기 뒤에는 마무리 글쓰기를 제시했습니다. 안내한 글을 쓴 뒤 그 글에 대해 다시 한번 생각해보면 자기 객관화와 거리두기에 도움이 됩니다. 필요한 내용을 기억하는 데도 도움이 되지요.

제시된 시간에서 3~4분 내외로 조절할 수 있습니다. 또 한 번에 여러 개의 글쓰기를 시도할 수도 있지만 하루에 30분 이상 작업하는 건 권하지 않습니다. 매일 꾸준히 집중해서 작업하려면 부담이 되지 않는 선에서 마쳐야 합니다. 치유하는 글쓰기는 짧은 시간 작업해도 당신에게 큰 영향을 줄 수 있답니다.

넷째,
각각의 글쓰기마다
글쓰기 시간을
제시했습니다.

다섯째,
떠오르는 대로
자유롭게 쓰기와
병행하면 좋습니다.

책에 안내한 글쓰기와 떠오르는 대로 자유롭게 쓰기를 번갈아 가며 작업해도 좋습니다. 안내한 글쓰기에서 알게 된 것을 떠오르는 대로 자유롭게 쓰면서 심화시킬 수 있습니다. 또는 쉬어간다는 생각으로 자유롭게 글을 쓰는 경우도 있습니다. 얼마나 자주, 어떤 방식으로 그렇게 할지는 여러분의 스타일에 맞게 결정하세요.

**여섯째,
마무리 단계를
놓치지 마세요.**

이 책이 제시하는 파트 11까지의 글쓰기를 모두 마친 뒤에는 반드시 〈마무리 글쓰기: 당신 자신에게 배우는 멋진 시간〉을 누리세요. 글을 쓸 때는 좋지만 글을 쓰고 나면 자신이 깨달은 대부분을 잊게 됩니다. 그러니 마무리 글쓰기 작업을 하면서 쓴 글을 돌아보고 기억하는 시간을 가지세요. 왜 마무리 단계가 필요한지 그때 알게 될 거예요.

이 책의 글쓰기는 여러 번 반복해도 좋습니다. 쓸 때마다 다른 이야기가 내면에서 올라와 우리를 성장으로 안내할 것입니다. 두 번 이상 반복하는 분들은 글쓰기 순서나 시간의 제한을 두지 말고 자율적으로 작업하세요. 제시한 글쓰기 방식을 창의적으로 응용해서 써봐도 좋습니다. 파이팅!

**일곱째,
이 책으로
두 번째 글쓰기에
도전하는
분들을 위해!**

차
례

PART 1

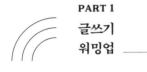

글쓰기 워밍업

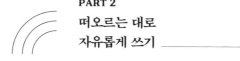

PART 2

떠오르는 대로
자유롭게 쓰기

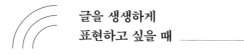

PART 3

글을 생생하게
표현하고 싶을 때

PART 4
복잡한 생각을
정리하고 싶을 때 ―――――――――――

PART 5
감정을
해소하고 싶을 때 ―――――――――――

PART 6

마음의 상처로
고통받을 때

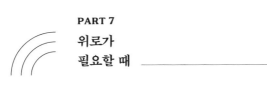

PART 7

위로가
필요할 때

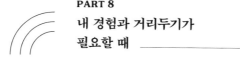

PART 8

내 경험과 거리두기가
필요할 때

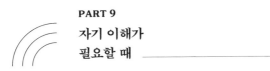

PART 9

자기 이해가
필요할 때

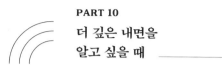

PART 10

더 깊은 내면을
알고 싶을 때

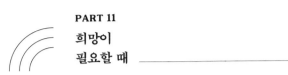

PART 11

희망이
필요할 때

여섯 가지 글쓰기 비법

당신은 '글쓰기'라는 배를 타고 내면 여행을 시작하려고 합니다.

우리가 알던 나 자신뿐 아니라 내가 몰랐던 내면의 무한한 영역을 발견하는 여행 말입니다. 그 미지의 영역은 우리 삶에 막강한 영향력을 행사하고 있었습니다. 무의식을 탐구하는 심층심리학자들은 인생이 우리의 의도와 전혀 상관없이 펼쳐지는 이유가 바로 여기에 있다고 주장합니다.

당신이 탐험하고 기록하려는 곳이 바로 이곳, 무의식의 영역입니다. 무의식이 더 많이 드러날수록 당신은 자신을 더 잘 이해할 수 있고, 삶은 한층 가벼워지며 가치 있게 여겨집니다. 그래서 무의식은 괴물에 비유되기도 하고, 반대로 보물상자로 여겨지기도 합니다. 꾸준한 치유적 글쓰기를 통해 무의식에 숨겨진 보물상자를 찾아내세요. 그리고 당신이 그 주인이 되세요.

이 여행을 효과적으로 마치기 위해서는 여섯 가지 글쓰기 비법을 꼭 기억해야 합니다.

첫
째、

떠오르는 대로 자유롭게 쓰세요.
무엇을 어떻게 쓸지
오래 고민하거나 계획하지 마세요.

글을 지어내지 말고 마음속에 떠오르는 글을 받아 적는다고 생각하세요. 문득 떠오르는 것을 잡아채서 글로 옮겨보세요. 글을 쓰다가 생각이 다른 주제로 넘어갔다면 글도 그것을 따라가세요. 당신은 자신의 내면이 드러내 보여주는 것을 받아 적는 속기록자입니다. 이 책에서 제시하는 대부분의 글쓰기는 이처럼 문득 떠오르는 생각을 즉시 글로 옮기는 작업입니다.

둘
째、

각각의 글쓰기마다
적절한 시간을 제시했습니다.
가능하면 그 시간을 지켜주세요.

만약 더 쓰고 싶다면 몇 분 더 써도 되지만 너무 오래
쓰지 마세요. 오늘 충분히 써서 만족스러울지 몰라도
내일은 부담감 때문에 쓰고 싶지 않을 수도 있거든
요. 글 쓰는 시간을 하루에 최대 30분 정도로 한정하
세요.

셋
째、　────────────────────────

글 쓰는 시간 동안은 쉬지 말고
계속 손을 놀려 글을 써주세요.

잠시 생각이 멈춰 써야 할 내용이 생각나지 않더라도
손은 멈추지 말고 계속 쓰세요. '아, 생각이 끊겼다'
'나는 잠시 멍하게 있는다'라고 쓰셔도 좋고, '펜을 잡
은 손에 힘이 들어간 걸 느낀다' '호흡이 멈춰 있다'
하는 식의 신체감각을 글로 묘사해도 좋습니다. 그러
다 보면 다시 이어갈 내용이 떠오른답니다. 계속 쓴
다는 건 집중한 상태를 유지하는 걸 의미합니다. 집
중할수록 내면에서 더 놀라운 이야기가 올라오고, 당
신은 더 깊게 당신 자신과 만나게 됩니다. 이때만큼
은 휴대폰을 끄고 글쓰기에만 집중해보세요.

넷
째 、

진실 되게 쓰세요.
멋진 문장을 고르지 말고 그 어떤 내용이든
솔직하게 글로 옮기세요.

일관되게 쓰거나 글의 구성을 짜임새 있게 하려 애쓰
지 말고 내면의 소리를 받아 적는 데 집중하세요. 무
의식의 언어는 일관되지 않습니다. 내가 원치 않았던
부끄럽거나 불편한 모습을 드러낼 때도 있습니다. 당
신이 그런 글쓰기를 하고 있다면 마음은 불편하겠지
만 '대박'입니다. 무의식과 만나는 것이니까요.

대상을 정해서 그에게 말하듯이
쉽고 편하게 쓰세요.

당신이 쓴 글을 읽어줄 대상을 정하면 좋습니다. 당
신만의 키다리 아저씨는 누구인가요? 당신의 말을
평가하거나 비난하지 않고 있는 그대로 들어줄 누군
가를 떠올리며 그에게 속삭이듯 글을 쓰세요.
난해하고 긴 문장으로 말하는 사람들의 이야기를 들
어본 적 있나요? 정말 따분하고 집중할 수가 없지요.
그러니 글을 쓸 때는 친구와 말을 하듯 편안하게 쓰
세요.

여
섯
째、

글을 쓰면서 동시에 글을 쓰는
자신의 경험을 알아차리세요.

어떤 심정인지, 어떤 신체감각을 경험하는지 느끼세요. 어느 대목에서 특정 감정이나 감각이 뚜렷하게 느껴진다면 아마 그 부분이 자신을 이해하는 데 매우 중요한 열쇠가 될 것입니다. 그 주제에 좀 더 머물러 글쓰기를 계속하세요.

글쓰기
워밍업

PART 1

내면 여행을 위한 글쓰기에 앞서
글쓰기와 친해지는 시간입니다.
혹시 글을 써야 한다는 생각에
긴장하진 않았나요?
그렇다면 "괜찮아"라고
자신을 다독여주고
파트 1이 안내하는 대로 따라가 보세요.
잘 해야 한다는 생각을 내려놓고,
호기심으로 시작하세요.
마치 글쓰기 놀이나 게임을 시작한다는
마음으로요. 자, 시작!

"괜찮아"

호기심

001. 반갑다, 노트야

○ 의식 성장을 위한 긴 여정을 시작하기에 앞서 노트와 첫인사를 나누세요. 당신 앞에 놓인 노트는 글을 쓰는 내내 당신과 함께하게 될 거예요. 노트의 첫 번째 페이지에 반갑다고, 잘 부탁한다고 말을 건네세요. 시간은 1분입니다.

○ 노트 어딘가에 당신만 알 수 있는 이름이나 별칭을 쓰세요. 이것은 당신의 호칭일 수도 있고, 노트의 이름일 수도 있습니다.

○ 노트를 스티커 등으로 예쁘게 꾸며도 좋습니다.

→

002.   나에게 글쓰기란

약 7분 쓰기

○ 아래 문장의 빈칸을 채우세요. 문장마다 3개씩 쓰세요. 너무 오래 고민하지 말고 떠오르는 대로 바로 적어주세요.

♦ 나에게 글쓰기란 ＿＿＿＿＿＿＿＿ 이다.

♦ 글쓰기, 하면 떠오르는 장면이 있는데,

그것은 ＿＿＿＿＿＿＿＿ 이다.

♦ 이 글쓰기 여정이 끝날 때 나는 ＿＿＿＿＿＿＿＿

할 수 있기를(하게 되기를) 바란다.

○ 위에 작성한 문장 중에서 하나를 고른 뒤 그 문장을 시작으로 하는 글을 써보세요. 시간은 3분입니다.

→

마무리 | 글쓰기를 하면서 새롭게 알게 된 것은 무엇입니까? / 지금 당신의 기분은 어떤가요?
글쓰기 | 어떤 감정을 느끼나요? / 글쓰기를 마친 자신을 위로하고 칭찬해주세요.

003. 나의 기대

약 6분 쓰기

○ 치유하는 글쓰기를 통해 이루고 싶은 것은 무엇입니까? 마음의 상처를 치유하고 싶다, 성숙한 사람이 되고 싶다, 영적 성장을 꿈꾼다, 부모와의 관계를 회복하고 싶다, 내적인 힘을 기르고 싶다 등 무엇이든 목록으로 적어보세요.

○ 당신이 원하는 바에 대해서 구체적으로 써보세요. 시간은 3분입니다.

→

마무리 글쓰기를 하면서 새롭게 알게 된 것은 무엇입니까? / 지금 당신의 기분은 어떤가요?
글쓰기 어떤 감정을 느끼나요? / 글쓰기를 마친 자신을 위로하고 칭찬해주세요.

004. 나는 이런 사람입니다

○ 다음과 같이 상상해보세요. 지금 당신은 마음 공부 모임에 참가하고 있습니다. 10여 명이 모인 이 자리에서 자기소개를 해야 합니다. 자, 이제 당신 차례가 되었습니다. 당신은 어떤 사람입니까? 자신의 내면에 대해서는 어떻게 설명할 건가요? 자신을 이해하고자 하는 욕구는 언제부터 시작되었으며 지금은 어떤 상태인가요? 3분 글쓰기로 자신을 소개해보세요. 제가 한 질문 외에도 하고 싶은 말이 있다면 자유롭게 이야기하세요.

→

마무리 | 글쓰기를 하면서 새롭게 알게 된 것은 무엇입니까? / 지금 당신의 기분은 어떤가요?
글쓰기 | 어떤 감정을 느끼나요? / 글쓰기를 마친 자신을 위로하고 칭찬해주세요.

○ 같은 이야기를 전혀 다른 두 사람에게 해보세요. 가족이나 친구, 선후배, 선생님 등 우리 주변엔 많은 사람이 있지요. 그중에서 두 명의 대상을 떠올려보세요. 먼저 엄격한 사람, 당신을 긴장하게 만드는 사람을 한 명 떠올리세요. 그리고 그의 이름을 노트에 적으세요. 두 번째는 평소 내 이야기를 잘 들어주는 사람, 나와 이야기 합이 잘 맞는 사람을 생각해야 합니다. 그의 이름도 노트에 적으세요. 주변에 적절한 사람이 없다면 대중매체에서 본 사람을 선택해도 됩니다.

✦ 엄격해서 나를 긴장하게 하는 사람, 또는 불편한 사람:

✦ 내 이야기를 잘 들어주고, 나와 소통이 잘 되는 사람:

○ 지금부터 이 두 사람에게 '오늘 있었던 일 한 가지'를 이야기할 겁니다. 오늘 아침 유난히 피곤해 잠자리에서 일어나지 못했던 이야기도 좋고, 여러분이 탄 버스 안에서 경험했던 일도 좋습니다. 만약 당신이 새벽에 일어나 이 글을 쓰고 있다면 어제 있었던 일을 써도 됩니다. 한 가지를 선택해서 이 두 사람에게 똑같이 이야기해보세요.

○ 먼저 엄격하고 어려운 사람을 선택해서 그를 대상으로, 어제/오늘 있었던 일을 이야기하듯 글로 써보세요. 시간은 2분입니다.

○ 이번에는 두 번째 대상, 즉 내 이야기를 잘 들어주는 사람에게 똑같은 이야기를 다시 글로 써보세요. 시간은 2분입니다.

→

여러분은 대상을 달리해서 같은 이야기를 반복했습니다. 어떠셨나요? 대상을 달리했을 때 글이 어떻게 달라졌나요? 두 개의 글을 비교해보세요.

이 글쓰기를 시도했던 많은 분이 자기 경험을 이야기해주셨어요. 엄격한 상대에게 이야기할 때는 쓰기 싫다, 긴장된다, 사실에 대해서만 건조하게 쓰게 된다고 했고, 반대로 내게 호의를 가진 사람에게 쓸 때는 사실과 함께 내 감정에 관해 쓰게 된다, 유머도 구사하게 된다, 내 마음을 더 솔직하게 드러내게 된다고 했습니다.

사실과 감정을 함께 서술하게 되고, 더 솔직한 마음을 드러낼 수 있다니 호의적인 사람에게 말한 두 번째 글의 내용이 훨씬 재미있는 것은 당연하겠지요. 그러니 글을 쓸 때는 나에게 호의적인 상대를 정해서 말하듯이 쓰세요.

호의적인 상대를 정해 그에게 말하듯이 쓰는 방법은 사실 많은 작가의 글쓰기 노하우입니다. 잊지 마세요. 비밀스러운 내면의 이야기를 할 때는 따뜻한 마음을 가진 사람에게 털어놓으세요!

006. 자원 찾기

○ 다음 문장의 빈칸을 채워보세요.

   ✦ 마음이 행복해지는 아름다운 장면은

     _____ 이다.

   ✦ 나에게 늘 힘을 주는 단어(또는 글귀)가 있는데

     그것은 _____ 이다.

   ✦ 나를 지켜줄 것 같은 든든한 느낌의 동물은

     _____ 이다.

   ✦ 내가 꿈꾸는 삶이 이루어졌다.

     그것은 _____ 이다.

○ 어떤 문장을 완성할 때 가장 힘이 났나요? 이것이 당신의 심리적인 자원입니다. 당신의 심리적 자원에 대해 3분간 써보세요. 힘이 나는 문장이 몇 개 더 있다면 그것에 대해서도 각각 3분간 글을 써보세요.

○ 위 문장 안에는 없지만 평소 당신에게 힘을 주는 어떤 것이 있다면 그것에 대해서도 3분 동안 써보세요.

○ 앞으로 글쓰기를 할 때마다 이상과 같은 자원을 떠올리세요. 특히 당신을 불편하게 만드는 내용을 글로 쓸 때는 힘이 빠지고, 그만두고 싶다는 생각을 하게 될 수도 있습니다. 그럴 때 당신의 자원을 떠올리세요. 눈을 감고 머릿속으로 떠올려도 좋고 글을 써봐도 좋습니다. 그렇게 자원과 함께 글쓰기의 여정을 마무리하세요.

→

떠오르는 대로
자유롭게 쓰기

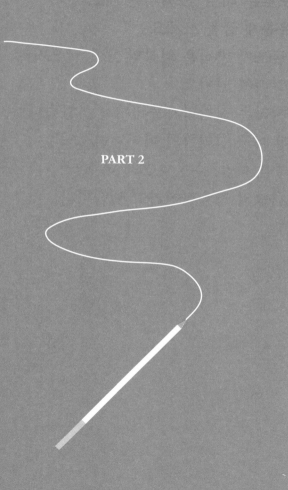

PART 2

'떠오르는 대로 자유롭게 쓰기'는
치유적 글쓰기의 지존입니다.
어떻게 쓰겠다는 의도를 내려놓고,
떠오르는 대로, 느껴지는 대로
자유롭게 글을 쓰세요.
이 글쓰기 방식은 의식의 흐름 글쓰기로
잘 알려져 있어요.
그 시작은 심리학자들에게서 나왔습니다.
현대 서구 심리학의 아버지라 불리는
윌리엄 제임스는 '사고의 흐름'이
그 사람의 정체성이라고 했습니다.

인류에게 무의식의 존재를 알린 프로이트는 정신분석 과정에서 자유연상기법을 사용해 생각과 느낌이 자유롭게 흐르게 했어요. 그 의식의 흐름 속에서 무의식의 자취를 찾아낸 것이지요.

프로이트의 영향으로 20세기 초 의식의 흐름 기법을 사용한 문학 작품들이 등장했습니다. 제임스 조이스의 《젊은 예술가의 초상》과 《율리시즈》가 대표적인 작품이에요. 그리고 최근에 와서는 글쓰기 치료 기법이 되었지요.

심리학이 탄생 배경이라서일까요? 매일 10분씩 떠오르는 대로 자유롭게 글을 쓰는 것만으로도 상당히 치유 효과가 있습니다. 단, 앞서 소개한 여섯 가지 글쓰기 비법에 따라서 말이지요. 문득 떠오르는 것을 정해진 시간 동안 후다닥 써 내려가기! 이 책에서 안내하는 대로 따라가다가 가끔은 떠오르는 대로 자유롭게 글쓰기를 해도 좋습니다. 이 글쓰기는 휴식과 같은 편안함과 자유로움을 주거든요.

자유로운 글쓰기는 내면의 검열관이 가장 큰 적입니다. 자기 의심과 비난으로 글쓰기를 중도에 포기하는 경우가 너무 많으니까요. 그래서 이 파트에서는 내면의 검열관을 만났을 때 어떻게 대처해야 하는지 안내합니다. 자유롭고 편안하게 글을 쓰는 즐거움을 충분히 누려보세요.

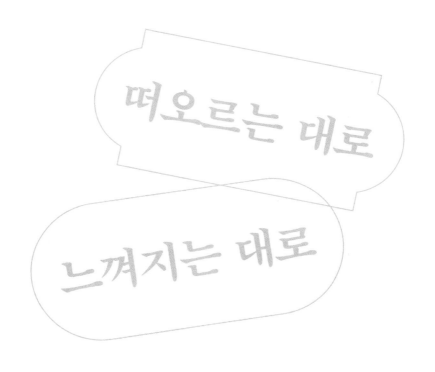

떠오르는 대로

느껴지는 대로

자유롭게

007.   나 사실은

○ 치유적 글쓰기의 가장 중요한 방법은 떠오르는 대로 자유롭게 쓰는 것입니다. 어떻게 써야 한다는 의도를 내려놓고, 떠오르는 대로, 느껴지는 대로 자유롭게 글을 쓰세요. 이렇게 안내하면 사람들은 놀라서 묻습니다. "글을 아무렇게나 써도 된다고요?" 네, 그렇게 써도 됩니다.

제대로 잘 써야 한다는 생각에 잔뜩 긴장했던 마음을 '후우~' 날숨과 함께 내려놓으세요. 괜찮아, 상관없어, 오늘 잘 쓸 수 없다면 다음에 하지 뭐, 하는 마음으로 자신을 다독이세요.

하지만 '자유롭게 글쓰기' 첫날이니 약간의 안내가 필요하겠지요? 자, '나 사실은…'으로 시작하는 글을 써보세요. 이 문구를 보면서 처음 든 생각은 무엇인지, 그리고 글을 써 내려가면서 처음의 생각과 어떻게 달라지는지 경험해보세요. 시간은 5분입니다.

→

008. 미친년 글쓰기

7
분
쓰
기

○ 어떤 생각의 미로 속에서 한없이 헤매거나 감정의 거센 파도로 출렁거린 경험이 있나요? 그런 자신을 문득 발견하곤 "어머, 나 미친 거 아냐?"라며 걱정스럽게 중얼거린 적 있나요? 괜찮습니다. 우리 인간의 머릿속은 원래 그러니까요. 밑도 끝도 없이 황당하고, 생각의 가지는 끝이 보이지 않게 사방으로 뻗어나갑니다. 감정은 또 어떨까요? 그러면 안 된다고 아무리 논리적으로 설득하고 달래도 제멋대로 날뜁니다.

오늘은 그런 우리의 생각과 감정을 있는 그대로 글로 옮겨보세요. 잠깐만이라도 우리 안의 미친년이 마음껏 말할 수 있도록 허용해 주세요. 너무 주관적이라고, 앞뒤가 맞지 않는다고, 과장되고 난데없다고 평가하거나 야단치지 마세요. 무의식은 의식이 가진 시간과 공간, 논리성에서 벗어나 있답니다.

글을 쓰다 보면 그의 특정한 말투나 모습이 언뜻언뜻 상상될 수 있어요. 미친년도 자기 나름의 개성이 있으니까요. 그걸 알아차리면서 하소연을 들어주세요. 그러면 어느 순간 그의 마음을 조금씩 이해할 수 있습니다. 시간은 7분입니다. 시작하세요.

→

마무리 글쓰기를 하면서 새롭게 알게 된 것은 무엇입니까? / 지금 당신의 기분은 어떤가요?
글쓰기 어떤 감정을 느끼나요? / 글쓰기를 마친 자신을 위로하고 칭찬해주세요.

009.　의식의 흐름 기법 글쓰기

○ 그 어떤 자극도 없는 상태에서 글쓰기를 해보세요. 펜을 빈 노트로 가져갈 때까지 아무 생각이 나지 않아도 괜찮습니다. 그저 시작하세요. 뭘 써야 할까, 생각나지 않는다, 당황스럽다고 글을 쓰면서 시작해도 좋습니다. 몇 자 의미 없는 말을 끄적이다 보면 어떤 생각의 길이 나타날 겁니다.

내 이야기를 기다리는 따뜻하고 대화가 잘 통하는 상대에게 말하듯이, 정해진 시간 동안 쉬지 말고 글을 써보세요. 시간은 10분입니다.

→

010. 내면 비판자가
나타난다면

2분 쓰기

○ 글을 쓰다 보면 내면의 비판자가 나타나서 떠오르는 대로 자유롭게 쓰는 것을 방해할 수 있습니다. 글쓰기를 한 지 얼마 안 되는 경우 더욱 그렇지요. 그게 말이 돼?, 넌 항상 이런 식이더라, 지긋지긋해, 이제 그만할 때도 된 거 아냐? 등 비판자의 얘기는 너무나 차갑고 독해서 글을 쓰려는 의욕을 대번에 얼어붙게 만듭니다. 비판자의 목소리와 논쟁이라도 붙으면 내면과 만나는 글쓰기는 불가능해지고 이유를 알 수 없는 서러움과 억울함으로 마음만 어지럽습니다.

그러니 비판자와 싸우지 말고 짧은 한두 마디 말로 그의 입을 잠시 다물게 하세요. 저는 이렇게 중얼거립니다. "그래, 알았어. 너의 말도 들어줄 테니 지금은 가만히 있어 줘." 요즘 제가 여유가 생겨서 비판자에게도 너그러워졌습니다. "너 할 말이 많구나. 알았어. 원 없이 들어주지. 잠깐 이 글만 쓰고 나서~" 그런데 희한하게도 글을 통해서 내 마음을 이해하고 나면 내면의 비판자가 나타나지 않습니다.

당신은 뭐라고 말할 건가요? 이곳에 한 문장으로 정리해보세요. 2분입니다.

→

마무리 글쓰기 | 글쓰기를 하면서 새롭게 알게 된 것은 무엇입니까? / 지금 당신의 기분은 어떤가요? / 어떤 감정을 느끼나요? / 글쓰기를 마친 자신을 위로하고 칭찬해주세요.

011. 흐르는 강물처럼 글쓰기

10분 쓰기

○ 당신은 햇볕 따뜻한 어느 봄날, 여린 풀이 빼곡히 자라는 언덕, 싱그러운 바람이 뺨을 간질이는 나무 그늘에 앉아 흐르는 강물을 바라보고 있습니다. 강물은 차르륵차르륵 소리를 내며 끊임없이 흘러갑니다. 지금 당신이 바라보는 강물은 조금 전의 강물이 아닙니다. 강물은 머무르거나 부딪치거나 맴돌지 않고 그저 조용히 흘러갑니다.

강가에 앉은 당신과 강의 풍경을 상상하면서 당신의 생각을 글로 써보세요. 생각을 억누르거나 붙잡거나 그 생각과 싸우지 말고 정성스럽게 글로 옮긴 뒤 떠나보내세요. 흐르는 강물처럼 말입니다. 글쓰기는 10분입니다.

→

글을 생생하게
표현하고 싶을 때

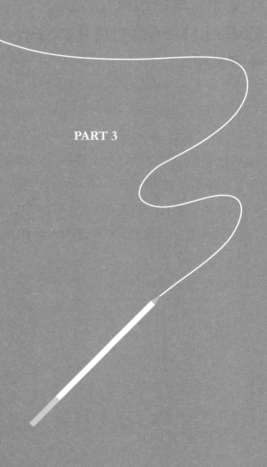

PART 3

자유로운 글쓰기를 오래 하다 보면
습관적으로 글을 쓰고 있는 자신을
발견하게 됩니다.
그만그만한 글을 쓰고 쓴 글의 대부분을
기억 못하게 되는 것이지요.
그럴 때 이 파트에서 안내하는 대로
따라 해보세요.

　　내면을 살필 때 비유법을 사용하면 의미를 좀 더 선명하게, 또는 더욱 풍부하게 만들어볼 수도 있어요. 평소보다 더 가까이 다가가 세밀하고 구체적으로 들여다보는 방법도 있습니다. 세밀하게 보면 비로소 보이는 것들이 있거든요. 뿐인가요? 마음을 쓰는 일이 너무 뜬구름 같다면 우리의 감각적 기억을 활용해 글을 써볼 수도 있습니다. 감각을 통해 나를 만날 때 보다 구체적이고 현실적으로 자신을 경험할 수 있답니다.

　　글이 의미와 구체성, 그리고 생생한 감각을 얻을 때 자신에 대한 이해는 더욱 명징해집니다. 나의 내면은 내가 좀 더 분명하게, 그리고 생생하게 표현해줄 때 깊은 만족감을 느낍니다. 누군가 내 마음을 제대로 표현해줄 때 "사이다" 하고 외치게 되는 것처럼요. 자, 이제 시작해보세요.

012. 구체적으로: 생생하게

약 13분 쓰기

○ 자신의 마음을 표현할 때 보다 구체적으로 쓰는 것도 치유 효과를 높입니다. 나탈리 골드버그는 《구원으로서의 글쓰기》에서 이런 말을 했습니다.

> "구체적으로 쓴다. 자동차라고 하지 말고 캐딜락이라고 하라. 말이라고 하지 말고 황갈색 말이라고 하라. 과일이라고 하지 말고 귤이라고 하라. 나무라고 하지 말고 플라타너스라고 쓰라. 하지만 구체적으로 쓰려고 글쓰기를 멈추지는 말라. 잘 기억나지 않으면 그냥 기억나는 만큼만 쓰라."

자, 이제 자유롭게 떠오르는 대로 10분 동안 글을 써보세요.

○ 당신이 쓴 글에서 가장 핵심이 되는 단어나 문장이 하나 있다면 그 부분에 밑줄을 긋고, 한두 개의 수식어를 넣어 표현을 좀 더 구체화하세요. '그가 냉소적으로 말했다'는 '그가 입을 씰룩이며 냉소적으로 말했다'로, '너무 기뻤다'라는 표현보다는 '말로 표현할 수 없이 기뻤다'나 '가슴이 쿵쾅거리게 기뻤다'로 쓰면 문장이 한결 생생하게 느껴집니다.

→

마무리 글쓰기 | 글쓰기를 하면서 새롭게 알게 된 것은 무엇입니까? / 지금 당신의 기분은 어떤가요? 어떤 감정을 느끼나요? / 글쓰기를 마친 자신을 위로하고 칭찬해주세요.

013. 구체적으로: 보여주는 글쓰기

○ 당신이 경험했던 갈등 상황의 한 장면을 시각적으로 보여주듯 묘사해보세요. 너무 화나거나 두렵거나 부끄러워서 생각하고 싶지 않지만 자꾸 떠오르는 장면이 있다면 그 장면을 글로 써서 직면하고 재경험해보는 겁니다.

상대가 어떤 색깔의 티셔츠를 입었는지, 어떤 표정을 짓고 행동이나 태도는 어땠는지, 어떤 공간에서 일어났던 일인지 묘사해보세요. 당신은 어땠는지도 써보세요. 당시에 당신의 표정과 움직임, 심지어 당신이 뭔가 들고 있었다면 그것도 써보는 거예요.

다만 너무 충격적이어서 아직 감당할 힘이 부족하다고 느껴지는 트라우마에 관해서는 구체적인 글쓰기를 피하는 게 좋습니다. 자, 시간은 15분입니다.

→

【 마무리 글쓰기 | 글쓰기를 하면서 새롭게 알게 된 것은 무엇입니까? / 지금 당신의 기분은 어떤가요? 어떤 감정을 느끼나요? / 글쓰기를 마친 자신을 위로하고 칭찬해주세요.

014. 은유와 비유로 글쓰기: 나의 인생

내 인생은 낡고 오래된 암자와 같다.
가난하고 단순하며 그리고 조용한

— 료칸(Ryokan)

○ 위의 시는 일본의 단시 '하이쿠'입니다. 자신의 인생을 오래된 암자에 비유했지요. 자신을 표현할 때 적절한 비유나 상징을 사용하면 좀 더 만족감을 느낄 수 있습니다.

비유법을 사용해 자신을 표현하려는 건 어찌 보면 인간의 본능인지도 모르겠습니다. "속에서 불이 올라온다." "가슴이 까맣게 타들어간다." "꿰다놓은 보릿자루처럼" 같은 오래된 표현을 보더라도 말입니다. 당신은 당신의 삶이 어떻다고 생각하나요? 위의 하이쿠처럼 당신의 인생을 비유적으로 표현해보세요.

✦ 내 인생은 _____ 와 같다.

_____ 하고, _____ 하고, _____ 한

○ 당신이 완성한 단시를 주제로 5분 동안 자유롭게 글을 써보세요.

→

015. 은유와 비유로 글쓰기: 나의 강점

○ 우리는 대부분 자신의 약점이나 단점은 많이 알지만 강점이나 장점이 무엇인지에 대해서는 잘 알지 못합니다. 자신에 대해 객관적으로 이해하려면 강점과 약점, 장점과 단점에 대해 고루 알아야 하겠지요.

당신이 생각하기에 자신의 강점은 무엇입니까? 살면서 '아, 나에게도 이런 강점이 있구나'라고 자각해본 적 있나요?

당신의 강점을 다섯 가지 적어보세요. 그리고 다음과 같이 빈칸을 채워보세요.

✦ 내가 가진 강점은 _____ 이다.

　 그것은 마치 _____ 와/과 같다.

✦ 내가 가진 강점은 _____ 이다.

　 그것은 마치 _____ 와/과 같다.

✦ 내가 가진 강점은 _____ 이다.

　 그것은 마치 _____ 와/과 같다.

✦ 내가 가진 강점은 _____ 이다.

　 그것은 마치 _____ 와/과 같다.

✦ 내가 가진 강점은 _____ 이다.

　그것은 마치 _____ 와/과 같다.

○ 당신이 생각하는 자신의 강점은 대체로 어떤 것들입니까? 당신의 강점을 주로 무엇과 비교했나요? 어떤 유사성이나 특이점을 발견할 수 있나요? 예를 들면 이런 거예요. 유능함에 관한 것이다, 주로 가족관계에서 발휘되는 것이다, 선함이나 착함과 관련된 거다 등등이요. 당신도 써보세요.

○ 위의 5개 문장 중에서 하나의 강점을 선택해 7분 동안 써보세요.

→

016. 은유와 비유로 글쓰기: 나의 약점

○ 우리는 우리의 약점을 아주 잘 알고 있습니다. 과장된 자기비하인 경우가 꽤 많지만 말이지요. 그렇게 과장되고 주관적인 약점을 자신의 정체성으로 삼고 괴로워하는 사람들은 또 얼마나 많은지요. 오늘은 비교적 객관적으로 당신의 약점을 생각해보고, 다섯 가지를 골라 아래 문장의 빈칸을 채워보세요.

✦ 내가 가진 약점은 ＿＿＿＿＿＿＿＿ 이다.

　그것은 ＿＿＿＿＿＿＿ 을 닮았다.

✦ 내가 가진 약점은 ＿＿＿＿＿＿＿＿ 이다.

　그것은 ＿＿＿＿＿＿＿ 을 닮았다.

✦ 내가 가진 약점은 ＿＿＿＿＿＿＿＿ 이다.

　그것은 ＿＿＿＿＿＿＿ 을 닮았다.

✦ 내가 가진 약점은 ＿＿＿＿＿＿＿＿ 이다.

　그것은 ＿＿＿＿＿＿＿ 을 닮았다.

✦ 내가 가진 약점은 ＿＿＿＿＿＿＿＿ 이다.

　그것은 ＿＿＿＿＿＿＿ 을 닮았다.

○ 당신이 생각하는 자신의 약점은 대체로 어떤 것들입니까? 당신의 약점을 주로 무엇과 비교했나요? 어떤 유사성이나 특이점을 발견할 수 있나요? 주로 엄마가 내게 했던 말이다, 친구와 비교한 평가다, 쓰고 보니 객관적이지 않은 거 같다 등등 무엇이어도 좋습니다. 당신도 한 문장으로 써보세요.

○ 위의 다섯 개 문장 중에서 하나의 약점을 선택해 7분 동안 글을 써보세요.

→

017. 은유와 비유로 글쓰기: 요즘 고민

약 13분 쓰기

○ 요즘 당신의 고민은 무엇인가요? 세 가지만 써보세요. 그중 하나를 선택해서 아래의 빈칸을 채워보세요.

✦ 요즘 나의 고민은 _____ 이다.

　그것은 마치 _____ 와/과 같다.

○ 요즘 고민하는 문제를 무엇에 비유했나요? 세상의 많은 것 중에서 왜 하필 그것에 비유했을까요? 10분 동안 글을 써보세요.

→

018.   감각적 글쓰기:
추억의 음식

약 15분 쓰기

○ 지금도 먹고 싶은 추억의 음식이 있습니까? 엄마의 음식, 생일 때 먹던 음식, 어린 시절 강제로 먹어야 했던 콩밥, 눈물의 그 식사, 중학교 졸업식 때 먹었던 자장면 등등. 추억의 음식을 목록으로 써보세요.

○ 작성한 목록을 다시 한번 눈으로 훑어보세요. 주로 어느 시기의 음식입니까? 추억의 음식과 연관된 사람은 누구이며, 주로 어떤 분위기에서 먹던 음식입니까? 목록에서 발견되는 유사점이나 특성은 무엇입니까?

○ 목록으로 작성한 음식 중에서 하나를 골라 그 음식을 처음 접했던 당시 상황과 음식의 맛, 냄새를 떠올리며 글을 써보세요. 시간은 10분입니다.

→

019. 감각적 글쓰기: 나를 색으로 표현한다면

약 15분 쓰기

○ 아래 빈칸을 채우면서 마음속에서 그 색깔을 상상해보세요. 단순히 노란색, 빨간색이라고 쓰지 말고, 부드러운 살결 같은 분홍색, 짙은 어둠이 드리운 보라색 등으로 구체적으로 표현해보세요.

✦ 요즘 자꾸 끌리는 옷의 색깔은 _____ 색이다.

✦ 가족은 _____ 색을 닮았다.

✦ 마음이 평화로울 때 떠오르는 색깔은 _____ 색이다.

✦ 내가 좋아하는 그 사람은 _____ 색을 닮았다.

✦ 떠올리면 불편해지는 그 사람은 _____ 색을 연상시킨다.

✦ 아무도 모르는 나의 비밀스러운 이야기는 _____ 색이다.

✦ 내가 원하는 삶의 빛깔은 _____

○ 위 문장 중에서 가장 가슴에 와닿는 하나를 골라 그 문장으로 시작하는 글을 써보세요. 시간은 10분입니다.

→

020. 감각적 글쓰기 : 냄새와 촉감

○ 후각은 가장 원시적인 감각기관이면서 감정과 기억을 담당하는 뇌와 연결돼 있다고 합니다. 마음을 푸근하게 만드는 냄새나 향을 기억하고 있나요? 늦은 가을 나뭇잎 태우는 매캐한 냄새, 밥이 막 지어질 때 나는 구수한 냄새, 어릴 때 엄마나 아빠 품에서 맡던 체취, 시골집 연기 냄새, 한때 내가 좋아했던 향수 등등 어떤 것이라도 좋습니다. 냄새와 관련된 하나의 기억을 떠올려 그것과 연관된 모든 이야기를 써보세요. 10분입니다.

○ 이번엔 촉감입니다. 당신은 어떤 촉감을 좋아하나요? 부드러운, 뽀송뽀송한, 가슬가슬한, 매끈한, 푹신한, 그 외에도 당신이 좋아하는 촉감을 모두 적어보세요. 그리고 그중 하나를 골라 떠오르는 모든 것을 구체적으로 써보세요. 시간은 7분입니다.

→

파트 3에서 안내한 글쓰기는 '온전함'이라는 단어를 떠오르게 합니다. 당신의 고민과 강점, 약점은 오로지 당신만의 것이지만 은유와 비유를 사용해 다른 사물이나 생명체로 대치시켜 보면 나라는 존재가 세상의 다른 존재와 연결된다는 사실을 알게 됩니다. '너도 그랬구나' '나 혼자만이 아니었어' 하는 느낌으로 위로받는 것이지요.

시각, 후각, 청각, 촉감 등의 다양한 감각을 소환해 글을 써보면, 인간이 살아간다는 것이 결국은 온갖 감각을 통해 경험하고 기억하며, 의미화하는 일임을 알게 됩니다.

요즘 당신은 어떤가요? 세상과 자신의 내면을 향해 다양한 감각을 모두 열어놓았나요? 혹시 세상살이에 지쳐 몇 가지 감각은 아예 닫아걸지 않았나요?

복잡한 생각을
정리하고 싶을 때

PART 4

요즘 "도대체 왜 이렇게
생각이 많은 걸까요?"
"너무 힘들어요"라고 말하는 사람들이
참 많습니다.
당신만 그런 게 아닙니다.
생각의 쓰나미로 고달픈 것은
현대인들의 공통적인 특성이에요.
우리는 오랜 기간 교육을 통해
많이 생각하도록 훈련받았습니다.
생각을 많이 한다는 것은
의식이 진화되었다는 증거이기도 합니다.
그러니 생각이 많은 것은 병이 아니라
의식 진화의 대가입니다.

그 많은 생각을 다룰 수 있는 몇 가지 글쓰기 방법을 활용해보세요. 생각을 정리하는 글쓰기는 많은 생각을 정리해서 종이에 보관하는 작업입니다. 실제로 기억과다증이 있는 환자가 글쓰기를 통해 증상을 완화했다는 연구도 있습니다.

그러니 당신 머릿속에 있던 생각을 종이에 옮겨보세요. 마음을 시끄럽게 만드는 생각들을 목록으로 만들거나 마인드맵으로 정리하면 내 생각의 지도를 파악해볼 수 있고, 결정장애로 시달릴 때는 두 갈래의 길을 써볼 수도 있습니다. 또 복잡한 생각과 대화를 해서 그의 깊은 불안도 이해해볼 수 있습니다. 그러다 보면 어떤 해결책을 발견할 수 있을 거예요.

021. 목록 쓰기: 글쓰기를 방해하는 것들

○ 글을 써야 하는데 노트도 펼치지 못하고 서성이거나, 혹은 책상 앞에 앉았는데 선뜻 글쓰기를 못 하고 있나요? 그렇다면 그 이유를 목록으로 정리해보세요. 우리 머릿속에는 수많은 생각이 꼬리에 꼬리를 물고, 혹은 동시다발로 떠올랐다가 사라지면서 우리를 안절부절못하게 합니다. 그 생각을 지우려 씨름하지 말고 받아들이세요. 글쓰기에 집중하지 못하게 만드는 생각들을 하나하나 노트에 기록해보는 겁니다. 아래 예처럼요.

- 내일 아침 운동을 할 수 있을까?
- 엄마가 아프다.
- 좀 이따 설거지를 해야 한다.

○ 작성한 목록 중에서 하나를 골라 떠오르는 대로 자유롭게 쓰세요. 5분입니다.

→

022. 목록 쓰기:
머리를 어지럽히는 고민

약 20분 쓰기

○ 여러 가지 고민이 머릿속에서 떠나지 않나요? 고민은 해결되지 않으면 기억에서 지워지지 않습니다. 내 문제를 잊지 말아줘, 빨리 해결해줘, 하면서 제각기 목소리를 높이고 있지요. 그래서 우리 마음이 그토록 심란한 상태가 되는 겁니다. 마음과 머릿속에서 윙윙대는 크고 작은 고민을 모두 목록으로 정리해보세요. 아래 예처럼요.

- 업무상 팀장과 의견 차이로 힘들다.
- 자격시험 공부를 자꾸 미룬다.
- 남자친구가 나와의 약속을 번번이 지키지 않고 있다.
- 강아지가 아프다.

○ 요즘 씨름하는 문제는 주로 어떤 것들입니까? 직장 문제인가요? 아니면 가족 문제인가요? 어떤 사람은 해야만 하는 일들을 떠올리며 분주하고, 또 어떤 사람은 자기비판으로 괴로워합니다. 당신의 고민은 주로 무엇인가요?

○ 목록 중 하나를 골라 떠오르는 대로 자유롭게 쓰세요. 15분입니다.

→

 마무리 글쓰기 | 글쓰기를 하면서 새롭게 알게 된 것은 무엇입니까? / 지금 당신의 기분은 어떤가요? 어떤 감정을 느끼나요? / 글쓰기를 마친 자신을 위로하고 칭찬해주세요.

○ 불편한 사람이 생기면 마음이 부산해집니다. 그가 밉다는 생각과 함께 그런 나를 자책하는 마음이 충돌하기 때문입니다. 하지만 이 글쓰기에서는 불편한 마음의 이야기를 들어주세요.
그 사람의 어떤 점이 불편한지 20개 이내의 목록으로 써보세요. 소리 내며 밥 먹는 모습이 보기 싫다, 눈만 마주치면 하소연과 푸념을 쏟아낸다, 내 말을 자꾸 씹는다, 행복하게 사는 주제에 엄살을 떤다 등등. 자, 이제 당신도 써보세요.

○ 당신이 불편해하는 내용은 대체로 어떤 것들인가요? 교양 없는 태도가 마음에 들지 않나요? 성급한 면이 거슬리나요? 아니면 위압적인 태도가 싫은가요? 다음의 빈칸을 채우세요.

  ✦ 나는 그의 _____ 한 측면이 불편하다.

    그런 그를 보노라면 _____ (혐오스럽다, 짜증난다,

    얄밉다, 질투를 느낀다, 은근 두렵다 등등)

○ 위 문장에 대해서 떠오르는 대로 자유롭게 10분간 써보세요.

→

024. 목록 쓰기: 100가지 이유

약 30분 쓰기

○ 극도로 스트레스를 느끼는 문제가 있다면 그 문제와 관련해 떠오르는 생각이나 감정을 100개까지 정리해보세요. 그가 죽도록 미운 이유, 극도로 불안한 이유, 짜증나는 이유, 죽고 싶은 이유, 시험 공부 하기 싫은 이유, 성공하기를 원하는 이유 등이 그것입니다.

당신은 어떤 것에 대해 100가지 이유를 쓰고 싶은가요? 30분 안에 100가지 이유를 써보세요.

단 떠오르는 대로 빠르게 써나가야 합니다. 앞에 썼던 내용이 또 떠오른다면 반복해서 쓰세요. 문장을 길게 쓰지 마세요. 한 줄에 한 문장 정도가 좋습니다. 반복한 횟수가 많다면 그만큼 당신에게 많은 영향을 미친다는 것이겠죠. 자, 시작!

→

025. 생각이 많아도 괜찮아

○ 억지로 울음을 참고 있을 때 누군가 "괜찮아. 실컷 울어" 하면 오히려 감정이 가라앉고 눈물샘이 마르는 경험을 해본 적 있을 거예요. 부정적인 것을 허용하면 그것이 터져 나와 모든 게 엉망진창이 돼버릴 거라는 막연한 두려움이 우리에겐 있습니다. 그래서 생각도 감정도 꾹꾹 누르며 살아가지요. 생각이 많은 것도 힘든데 그러면 안 된다고 걱정하는 목소리로 생각은 더욱 자극을 받고 폭발 직전에 이릅니다.

그러니 생각을 허용해보세요. 생각에게 이렇게 말하세요. "괜찮아. 내가 지켜볼 테니 생각들아, 너의 주장을 해봐." 그 생각들의 내용을 각각 2분씩 적어보세요.

+ 생각 A가 하는 말:

+ 생각 B가 하는 말:

+ 생각 C가 하는 말:

○ 생각이 하는 말을 모두 썼다면 좀 더 이야기를 들어보고 싶은 생각 하나를 선택해 10분 동안 써보세요.

→

026.   선택의 기로에서

○ 선택의 갈림길에서 고민하곤 하나요? 이사를 할 것인가, 그냥 지금 이 집에서 살 것인가? 성격은 좋지만 가슴이 설레지 않는 상대와 사귈 것인가, 까다롭지만 매력적인 사람과 사귈 것인가? 대학원에 입학해 공부를 더 할까, 취직해서 돈을 벌까? 아주 사소하게는 노트북을 살까, 태블릿을 살까 고민할 때도 마찬가지입니다. 어떤 선택이든 지연되면 생각이 많아지고 마음은 좀체 안정되지 않습니다.

그럴 땐 글쓰기로 모두 경험해보고 결정하세요. 예를 들어 이사한 뒤 그곳에서 사는 것처럼 일상을 묘사하고, 그다음엔 현재의 집에서 계속 사는 삶을 글로 써보는 겁니다. 글로 써보면 진정으로 원했던 선택이 무엇인지 알게 됩니다.

먼저 아래 두 문장의 빈칸을 각각의 선택지로 채우세요.

✦ 나는 지금 _____A_____ 을/를 선택한 삶을 살고 있다.
✦ 나는 지금 _____B_____ 을/를 선택한 삶을 살고 있다.

○ A를 선택한 삶은 어떤지, 또 B를 선택한 삶은 어떤지 일상의 한 장면을 각각 묘사해보세요. 각 3분입니다.

→

앞의 글쓰기는 결정장애를 가졌거나 실패의 경험을 극도로 싫어하는 현대인에게 유용합니다. 사실 우리에게 실패 없는 삶의 비법 같은 건 없습니다. 느낌에 따라 선택하는 경험을 최대한 많이 해서 자신의 느낌에 대한 감을 잡는 게 중요하지요.

두 가지 선택지에 관한 글을 쓰면서 자신의 느낌과 기분을 알아차려보세요. 당신이 무엇을 더 원하는지 말입니다.

_____

글을 쓸 때 더 설레거나 활기가 느껴지는 선택, 더 확신이 느껴지는 선택, 더 안전하고 편안하게 느껴지는 선택… 가능하면 그런 느낌을 주는 삶을 선택하세요.

자, 두 편의 글을 쓰고 나니 결심이 서나요? 당신은 어떤 선택지를 고를 건가요?

027. 외계어로 쓰기

○ 비밀스러운 이야기 때문에 머릿속이 복잡한가요? '임금님 귀는 당나귀 귀'라는 옛날이야기가 있지요. 그 이야기의 주인공인 이발사도 그랬습니다. 발설한 게 들통나면 죽음을 면할 수 없지만 임금님의 귀를 본 이발사는 말하지 않고서는 견딜 수 없었습니다. 개인이 감당하고 소화하기에 너무 어려운, 큰 이야기라고 생각될 때 인간은 누군가에게 털어놓고 싶어집니다.

이제까지 한 번도 말할 수 없었던, 어쩌면 무덤까지 가져가야 할 것 같은 비밀이 당신에게 있나요? 시시때때로 머릿속을 헤집어놓으면서 당신을 괴롭히지만, 입속에서 달싹달싹 그 이야기가 터져 나올 것 같아 조마조마하지만, 차마 말할 수 없는 비밀이 있습니까?

털어놓고 싶은 비밀 이야기를 외계어로 표현해보세요. 아무도 당신의 글을 읽지 못하도록 화성인, 또는 시리우스나 안드로메다에서 쓸 법한 문자로 비밀을 털어놓는 겁니다. 시간은 7분입니다.

→

028. 대화기법 글쓰기

약 17분 쓰기

○ 고민거리로 마음이 내내 시끄럽다면 시끄러운 마음과 대화를 시도해보세요. 또는 이유도 없이 마음이 불안하다면 불안과 대화해서 왜 그토록 안절부절못하는지 이야기를 들어보세요. 좀처럼 가라앉지 않는 마음속 중얼거림, 투덕거림을 외면하지 말고 대화를 시도해 그 이유를 알아보세요.

불편함을 느끼는 마음의 어떤 증상과도 대화할 수 있습니다. 이유를 알 수 없는 증상뿐 아니라 내가 너무 잘 안다고 생각했던 증상과도 대화해 감춰진 속마음을 들어보세요. 이야기를 듣고 나면 마음이 한결 편안해질 거예요.

먼저 불편한 마음을 구체화해보세요. 당신이 느끼는 불편한 마음은 구체적으로 어떤 것입니까? 불안, 억울함, 짜증, 죄책감, 너무 많은 생각 등.

○ 그것에 별칭을 붙여주세요.

○ 자, 이제 그 불편한 마음과 첫인사를 나누고 대화를 시도하세요. 얼마나 힘든지, 어떤 걱정이 있는지, 무슨 생각을 하는지, 당신이 어떻게 해주면 좋은지 등을 물어보세요. 다음의 짧은 예시문이 도움이 될 겁니다. 15분 동안 글을 쓰세요.

나: 안녕, 덜덜아, 이렇게 만나다니 반갑다.

덜덜: 날 부르다니 웬일이야.

나: ㅎㅎ 미안. 이제야 널 찾아서…. 이제 네 이야기를 좀 듣고 싶어. 너 지금 얼마나 힘든 거니?

덜덜: 말도 마. 난 늘 무서워….

→

029.   알아차림 글쓰기

○ 마음은 복잡한데 그 어떤 주제로도 글을 쓸 수 없다면 이번엔 아래의 예처럼 신체감각에 초점을 맞춰 글을 써보세요.

오른손으로 펜을 다시 그러쥔다. 손바닥에 약간의 습기가 느껴지고 펜의 손잡이 고무창 부분이 부드럽게 물컹 쥐어진다. 왼손으로 노트의 왼쪽 페이지를 누르고 오른손으로 글쓰기를 해나간다. 왼쪽 어깨에 왠지 힘이 들어간다. 자각하고 나니 어깨에서 힘이 빠진다.

이런 식으로 써보는 겁니다. 가능하다면 반복적인 음악이나 ASMR 같은 걸 들으면서 작업해도 좋습니다. 알아차리는 글쓰기를 하다가 쓰고 싶은 다른 주제가 떠오르면 그걸 써도 좋습니다. 시간은 7분입니다.

→

030. 마인드맵

○ 머리와 가슴에서 끊임없이 이어지는 생각을 지도로 만들어보세요. 먼저 핵심 주제를 빈 노트나 종이의 한가운데 써넣으세요. 감정(두려움, 불안, 억울함, 미움 등)이나 어떤 대상(엄마, 친구, 동료, 형제자매 등), 고민거리 등이 그것입니다. 그리고 이 주제에서 연상되는 생각을 단어나 아주 간단한 문장으로 써서 시계 방향으로 기록하세요.

그다음 1차로 연상된 단어로부터 시작된 꼬리를 무는 연상 단어를 쭉 적어보는 겁니다. 그렇게 각각의 연상 단어를 모두 정리해보면 마치 그물처럼, 또는 낙지의 다리처럼 펼쳐진 생각 지도가 만들어집니다. 우리의 머릿속을 한눈에 볼 수 있게 되는 거지요. 또 꼬리에 꼬리를 무는 연상 작업으로 잠재의식과 무의식을 의식 위로 끌어올릴 수도 있습니다.

마음을 더 효과적으로 이해하기 위해 다양한 색을 칠하고 그림을 곁들여보세요.

○ 마인드맵을 작성하면서 느끼거나 생각한 것들을 글로 자유롭게 써보세요. 시간은 7분입니다.

→

감정을
해소하고 싶을 때

PART 5

우리는 감정을 표현하기
점점 어려워지는 세상에 삽니다.
좋은 감정이든 싫은 감정이든,
감정을 있는 그대로 표현하는 사람이
부담스러워서 매사에 쿨해지려고 노력하지요.
하지만 인간의 의식이 진화할수록 감정은
민감해지고 세분화됩니다.
현대인은 그 어느 때보다
다양한 감정의 결을
섬세하게 경험하게 된 것이지요.

매일매일 무표정한 얼굴 뒤에서 만들어지고 발효되어 압이 높아지는 당신의 감정을 어떻게 해소할 수 있을까요? 부정적 감정의 원인이 된 사람에게 가서 솔직하게 표현하라고요? 자칫하면 부작용이 더 커질 수 있으니 위험한 해결 방법이 될 수 있습니다.

당신의 감정을 글로 써보세요. 일기를 써도 도움이 되지만 이 책이 안내하는 방식에 따라 글쓰기를 하면 더욱 효과를 느낄 겁니다.

감정을 글로 쓸 때 무엇보다 중요한 것은 '솔직함'입니다. 당사자에게 가서 솔직해지기 전에 먼저 솔직하고 후련하게 글을 써보세요. 글 속에서는 당신이 얼마든지 나빠져도 됩니다. 비합리적이어도, 몰상식해도 상관없습니다. 이제까지 몰랐던 감정을 글쓰기로 표현했다면 축하받을 일입니다! 내면의 한 영역에 빛이 비친 것이니까요.

또 하나, 감정을 글로 쓸 때 실제 느끼는 정도보다 훨씬 더 과장해도 좋습니다. 우리가 속상해할 때 누군가 옆에서 격하게 동조해주면 오히려 차분해졌던 경험을 기억하나요? 동조해준 사람이 참 고마웠던 기억은요? 당신도 감정에게 그렇게 해주세요. 감정의 편이 되어 감정보다 더 강하게 표현해도 좋습니다.

마지막으로 자신을 알아차리는 작업을 병행하세요. 감정은 매우 격렬한 차원이기 때문에 거리두기 작업이 필요합니다. 글을 쓰면서 어떤 감정이 느껴지는지, 신체적으로는 어떤 감각을 느끼는지 계속 살피세요. 문장 중간에 당신이 느끼는 감정이나 감각을 메모해도 좋습니다. 글을 쓰는 과정에 고통을 느낄 수도 있습니다. 감당할 수 없을 때는 중단해도 좋아요. 하지만 용기가 있는 분이라면 그 과정을 통과해보세요. 통증이 지나간 자리에 평화로움이 채워질 겁니다.

감정의 바다를 헤쳐나갈 여러분을 응원합니다!

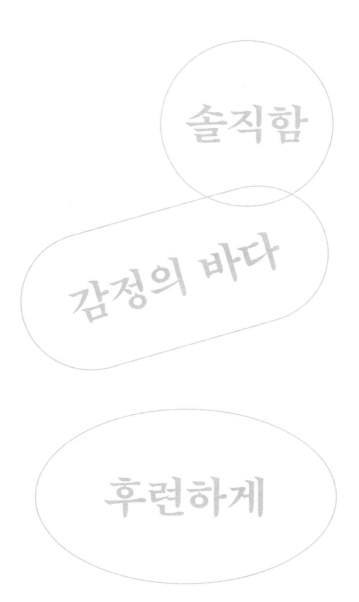

솔직함

감정의 바다

후련하게

내면의 비판자에게

○ 아래의 편지는 당신의 내면 비판자에게 보내는 글입니다. 내면의 비판자에게 쓰듯 아래의 편지글을 필사하세요. 내면의 비판자와 맞서 싸우지 말고(웬만해선 그를 이길 수 없습니다) 그에게 양해를 구해보세요. 우리는 결코 그를 이길 수 없고, 대적하려고 할수록 말이 많아져서 종국에는 마음이 시장 바닥처럼 될 수도 있습니다. 그러니 그를 잘 달래보세요.

> 안녕.
> 나는 알아. 네가 나를 많이 걱정하기 때문에 하고 싶은 말이 많다는 걸. 언젠간 너와 싸우지 않고, 너의 말을 충분히 들어보려고 해. 하지만 그 전에 감정이 하는 말을 충분히 들어보고 싶어. 이제까지 네가 싫어해서 감정을 외면해왔거든. 감정의 목소리에 너무 휩쓸리지는 않을게. 잠시 휩쓸리더라도 다시 원래 위치로 돌아올 거야. 무엇보다 그 목소리가 나의 본질이 아니고 부분이란 걸 잊지 않을게. 그러니 글을 쓸 때 가만히 지켜봐줘. 분노에 휩싸이거나 슬픔에 젖더라도 다시 제자리로 돌아올 테니 기다려줘.

○ 그 외에 떠오르는 말이 있다면 글을 써보세요. 시간은 3분입니다.

→

032.　　내 감정의 특성

약 8분 쓰기

○ 당신을 힘들게 하는 감정에는 어떤 것들이 있습니까? 주요한 세 가지를 이곳에 나열해보세요.

○ 세 가지 감정은 각각 어떤 특성을 가졌나요? 하나의 감정을 선택해 아래의 빈칸을 완성해보세요.

> 내가 _____ 할 때 느끼는 감정은 _____ 이다.

✦ 이 감정이 색깔이라면 _____ 한/인 것이다.

✦ 이 감정이 풍경이라면 _____ 한/인 풍경이다.

✦ 이 감정이 음악이라면 _____ 한/인 음악이다.

○ 위의 문장 중 하나를 선택해서 그에 관한 글을 써보세요. 시간은 5분입니다.

→

마무리 글쓰기 │ 글쓰기를 하면서 새롭게 알게 된 것은 무엇입니까? ／ 지금 당신의 기분은 어떤가요? 어떤 감정을 느끼나요? ／ 글쓰기를 마친 자신을 위로하고 칭찬해주세요.

033. 감정이 하는 하소연

○ 폭발적인 감정이 느껴질 때 우리는 보통 두 가지 태도를 보입니다. 인고의 힘을 발휘해 꾹 참거나 감정의 원인이라고 여기는 사람에게 화를 내지요.

제가 권하는 방법은 화의 감정을 글로 써보는 것입니다. '안 돼. 이러지 마. 나는 흥분하는 모습을 보이는 게 정말 싫어'라고 하거나 '저 인간은 왜 나를 화나게 하지?' 하는 생각에서 벗어나 화가 하는 말을 글로 옮겨보는 거예요.

폭발적인 감정이 하소연한다면 뭐라고 할까요? 감정의 하소연을 종이 위에 옮겨보세요. 미친년이 된 것처럼 횡설수설해도 좋습니다. 때론 중얼거리듯, 때론 소리 지르듯 쉬지 않고 글을 쓰세요. 감정이 가라앉을 때까지 실컷 하고 싶은 말을 글로 쓰세요. 당신이 뭐라고 쓰며, 몸의 감각은 어떤지 지켜보면서…. 시간은 10분입니다.

○ 감정이 하는 더 깊은 이야기를 듣고 싶다면, 아직 해소해야 할 감정이 남아 있다면 아래의 문구 중에서 하나를 골라 글을 이어가세요. 7분 더 할애하세요.

✦ 더 솔직히 말하자면…

✦ 더욱 충격적인 건…

✦ 더 위험한 얘기를 하자면…

○ 글을 마쳤다면 당신의 감정을 위로해주세요. 감정에게 옳고 그름의 잣대를 대지 말고 그토록 힘들었다니 내 마음이 아프다, 털어놔줘서 고맙다고 이야기해주세요. 2분입니다.

→

034.   엿 먹어라

○ 누군가에게 화가 났다면 참지 말고 글을 써보세요. 당신의 마음을 숨기지 말고, 화나고 분한 마음을 글로 솔직히, 실컷 털어놓으세요. 솔직하고 자유롭게 쓰되 글의 중간에 '엿 먹어라'라는 문구를 넣어보세요. 시간은 15분입니다.

→

035. 내가 열받은
100가지 이유

약
30
분
쓰
기

○ 불편한 감정이 자꾸 의식의 수면 위로 올라와 마음이 시끄러울 때, 마음이 일상생활에 머물지 못하고 붕 떠 있을 때, 그 이유를 100가지 써보세요. '헉, 100가지나?' 놀랄 필요 없습니다. 30분이면 끝나는 작업이고 쓰고 나면 참 후련해집니다.

글쓰기 방법은 ① 떠오르는 대로 빠르게 쓰기, ② 솔직하게, 때로는 과장해서 쓰기, ③ 앞번호에서 쓴 내용이 또 떠오른다면 몇 번이고 반복해서 쓰기입니다. 한 번호의 한 문장을 너무 길게 쓰지 마세요. 간략하게 단호하게 쓰세요. 아래 예를 참고하고 시간은 30분 정도로 한정하세요.

내가 요즘 짜증나는 100가지 이유

1. 글 쓰려는데 벌써 졸린 게 짜증난다.

2. 남편과의 이상한 거리감이 짜증난다.

3. 징징거리는 아들놈이 짜증난다.

4. 내가 무슨 말만 하려고 하면 말문을 막고 딴소리하는 딸이 짜증난다.

5. 애초 원인 제공자가 나라는 것도 짜증난다.

6. 시동생네 식구들도 짜증난다.

7. 커피 서버를 몇 개씩 깨뜨리고도 보상 안 해주는 아줌마가 짜증난다.

8. 사심 없이 하겠다더니 자기 욕심만 차리는 후배가 재수 없다.

9. 두서없이, 어설프게 일하는 후배가 짜증난다.

10. 생각이 나지 않으니 짜증난다.

11. 빚이 많은 게 짜증난다.

12. 원치 않는 선물을 기어이 해주고 고맙다는 소리를 받는
    시어머니가 짜증난다.

13. 돈 때문에 쪼들리니 짜증난다.

14. 눈치 없이 내 생활에 함부로 끼어드는 후배가 짜증난다.

15. 눈치를 많이 보는 것 같은데 알고 보면 눈치 젬병이다.

16. 내 심사를 건드리는 말도 참 잘한다. 사람을 배려하는 게 안 되나
    보다.

...

→

036. 부치지 않을 편지 쓰기:
죽도록 미운 그대에게

약 25분 쓰기

○ 살다 보면 주위에 당신의 마음을 불편하게 하는 사람들이 있게 마련입니다. 미운, 짜증나는, 무서운, 얄미운 사람들 말입니다. 이런 말을 해줬어야 했는데 하면서 아직도 혼잣말을 중얼거리게 만드는 사람이 있나요? 그런 사람들의 목록을 만들어보세요. 열 명이내로 정리하고, 각 사람 옆에는 그가 왜 불편한지 몇 마디의 설명을 메모해도 좋습니다.

○ 일단 당신의 목록 안에 있는 사람들이 어떤 공통점을 가졌는지 살펴보세요. 그들은 당신과 대체로 어떤 관계입니까? 가족? 친구? 아니면 직장에서의 인간관계인가요? 당신이 불편함을 느끼는 인간관계가 주로 어디에 집중돼 있는지 보세요. 불편한 이유에 어떤 유사성이 있는지도 살펴보세요.

○ 목록 중에서 한 사람을 골라 그에게 부치지 않을 편지를 써보세요. 편지를 부치지 않는다는 건 당신이 하고 싶은 말을 실컷 해도 된다는 말입니다. 저주의 말과 욕설이 난무해도 괜찮습니다. 속 시원하게 다 털어놓으세요. 쓰다 보니 기분이 더 나빠졌다고 중간에 그만두지 말고 하고 싶은 말을 끝까지 해보세요. 15분 이상 쉬지 않고 쓰세요.

○ 편지를 다 쓴 뒤에는 당신의 심정을 제대로 표현할 말이 나올 때까지 반복해서 글을 고쳐보세요.

○ 며칠에 걸쳐 써도 됩니다. 당신의 마음이 점차 가벼워짐을 느낄 겁니다. 목록에 있는 사람들을 차례로 소환해 매일 편지를 써보면 더 좋습니다.

→

037. 부치지 않을 편지 쓰기: 내가 진정으로 원하는 것

○ 이 글쓰기는 이전(036) 글쓰기의 후속 작업입니다. 먼저 당신이 앞에서 쓴 '부치지 않을 편지'를 다시 꼼꼼히 읽어보세요.

○ 아래 문장을 완성해서 당신이 편지 속 상대에게 진짜 원하는 게 무엇인지 분명히 해보세요. 당신이 상대에게 입은 상처는 한마디로 무엇입니까? 그에게 진정으로 원하는 건 무엇인가요?

✦ 당신의 _____ 한 행동/ 태도/ 말 때문에

　나의 _____ 한 측면이 상처 입었습니다.

✦ 내가 당신에게 원하는 것은 _____ 입니다.

✦ 나는 당신의 _____ 을/를 받을 때 행복을

　느끼기 때문입니다.

○ 사람들이 당신을 어떻게 대할 때 행복한가요? 글로 써보세요. 시간은 7분입니다.

→

마무리 글쓰기 　글쓰기를 하면서 새롭게 알게 된 것은 무엇입니까? / 지금 당신의 기분은 어떤가요?
어떤 감정을 느끼나요? / 글쓰기를 마친 자신을 위로하고 칭찬해주세요.

누군가를 죽도록 미워하지만, 그의 잘못된 행동을 100가지라도 얘기할 수 있지만, 정작 내가 그에게 원하는 게 무엇이며, 받고픈 게 어떻게 좌절됐는지 모르는 경우가 많습니다. 그런데 상대에게 원하는 것, 당신이 받고 싶은 것이 무엇인지 모르면 갈등의 해결점을 찾기 어렵습니다. 당신의 갈증은 해소되지 않을 테니까요.

　곰곰이 생각해보세요. 다시 말하지만 당신이 궁극적으로 원하는 것은 상대의 잘못을 지적하고, 증명하는 데 있지 않고, 상대에게서 받고 싶은 것을 받는 것입니다.

_____

당신이 원하는 게 본질적으로 무엇인지 찾아내서 상대에게 요구하세요. 이를테면 "나에게 소리치지 마세요"라고 말하기보다 "나에게 친절하고 부드럽게 말 걸어주세요. 당신과 따뜻한 대화를 나누고 싶어요"라고 말하세요. "이기적으로 굴지 말라"고 말하는 데서 그치지 말고 "나를 배려해주고 신경 써달라. 배려받으면 나도 마음을 열 수 있다"라고 이야기하세요.

038. 부치지 않을 편지 쓰기: 미처 하지 못한 말

25분 쓰기

○ 미안하거나 그리운데 피차 마음을 표현할 기회를 얻지 못해 소원해진 관계가 종종 있습니다. 그를 생각하면 정말 미안한데, 사무치게 그리운데, 심지어는 너무 창피한데, 그 마음을 제대로 전달하지 못했거나 속 시원하게 해명하지 못했다고 생각되는 사람이 있나요? 당신의 마음 한편에 묵직하게 숨어 있다가 혼자 있을 때 문득 떠올라 감정을 일으키는 상대 말이지요.

고등학교 시절 전학 간 친구, 이유를 설명하지 않고 이별 통보를 했던 옛 연인, 돌아가신 엄마 등등 누구라도 좋습니다. 그에게 편지를 써보세요. 당신이 하고 싶은 말을 충분히 다 해보세요. 시간은 15분입니다.

○ 당신이 쓴 글을 '아, 이제 됐다'는 생각이 들 때까지 고쳐보세요.

○ 편지에 쓴 말을 한 문장으로 줄이면 무엇입니까? 당신이 그에게 하고 싶었던 한 줄의 말은?

→

마무리 글쓰기 | 글쓰기를 하면서 새롭게 알게 된 것은 무엇입니까? / 지금 당신의 기분은 어떤가요? 어떤 감정을 느끼나요? / 글쓰기를 마친 자신을 위로하고 칭찬해주세요.

039.   부치지 않을 편지 쓰기:
한 방을 위해

약
15
분
쓰
기

○ 문자나 카톡 메시지는 간결할수록 글이 잘 읽힙니다. 짧지만 하고 싶은 말을 다하기 위해 수없이 반복해서 써보세요. 넌 그런 인간이지, 나한테 어떻게 그럴 수 있어?, 어쩜 그렇게 하는 짓마다 밉상이니?, 너의 착각이 뭔지 알려주마 등등. 쿨하게, 악을 쓰듯, 울며불며, 냉소적으로, 착하게, 엄중하게 꾸짖듯 다양한 모드로 말이지요. 당신 내면의 다양한 측면이 모두 발언할 수 있도록 기회를 주는 겁니다. 고백하자면 저는 50번까지 써봤습니다. 한 편의 글을 완성하는 데 2분입니다.

✦ 울부짖는 모드:

✦ 조목조목 따지는 모드:

✦ 타이르는 모드:

✦ 꾸짖는 모드:

✦ 냉소적인 모드:

✦ 쿨한 모드:

…

→

마무리   글쓰기를 하면서 새롭게 알게 된 것은 무엇입니까? / 지금 당신의 기분은 어떤가요?
글쓰기   어떤 감정을 느끼나요? / 글쓰기를 마친 자신을 위로하고 칭찬해주세요.

040. 감정이 보내온 편지

○ 당신이 반복해서 경험하는 불편한 감정은 무엇입니까? 생각나는 대로 모두 나열해보세요.

○ 그 감정 중에서 비교적 부담이 덜한 감정을 하나 골라 그의 말을 들어보세요. 아래 문장의 빈칸을 채우고, 그 문장으로 시작하는 편지를 써보세요. 당신이 그 감정이 되어 당신 자신에게 편지를 보내는 겁니다. 시간은 7분입니다.

_____ 에게

나는 너의 (분노, 두려움, 위축감, 불안, 우울함…) 이야.
내가 하고 싶은 말은 바로 이거야.

_____

_____

_____

○ 부담이 덜한 감정에서 가장 힘이 센 감정에 이르기까지 차례로 위와 같은 편지 쓰기를 반복하세요. 당신은 몰랐던 감정 나름의 이유가 있다는 사실을 알게 될 겁니다.

→

마무리 | 글쓰기를 하면서 새롭게 알게 된 것은 무엇입니까? / 지금 당신의 기분은 어떤가요?
글쓰기 | 어떤 감정을 느끼나요? / 글쓰기를 마친 자신을 위로하고 칭찬해주세요.

041. 자기 비난 실컷 하기

약
28
분
쓰
기

○ 자신에게 화나는 날이 있습니다. 머리끝까지 화가 나서 자신에게 저주라도 퍼붓고 싶어집니다. 여전하다고, 달라지는 게 없다고, 한심하고 바보 같고 비열하고 무능하고 나쁘다고 당신을 욕해주고 싶다면 지금부터 그 생각을 글로 써보세요. 하고 싶은 말을 실컷 해보세요. 10분입니다.

○ 자기 비난의 글을 쓸 때 기분은 어땠습니까? 비참했나요? 슬펐습니까? 신체감각은 어땠나요? 가슴은 답답했습니까? 어깨가 움츠러들고 굳어 있지 않나요? 지금 느끼는 감정과 감각에 대해 간단하게 써보세요. 1분 동안이요.

○ 이제 마음을 조금 가라앉혀 보세요. 자기 비난의 임무를 마쳤으니까요. 그리고 당신이 쓴 자기 비난의 글을 읽어보세요..

○ 당신이 쓴 자기 비난의 글은 내면의 비판자, 또는 가혹한 부모의 목소리입니다. 가혹한 비난의 목소리를 가진 존재를 이미지로 상상해보세요. 당신이 알고 있는 사람을 의식적으로 대입시키지 말고, 당신이 쓴 글을 읽으면서 자연스럽게 떠오르는 이미지를 알아차려보세요. 잠시 눈을 감고 이미지에 주목해도 좋습니다.
어떤 사람이 떠올랐다면 그의 외모나 특성에 대해 글로 써보세요.

그는 어떤 모습을 하고 있나요? 어떤 차림을 하고 있으며 표정은 어떤가요? 나이는 얼마나 되어 보이고, 성별은 무엇인지도 기록해 주세요. 1분입니다.

○ 자, 이제 그와 대화를 시작하세요. 이미지 떠올리기가 잘 안 될 수도 있습니다. 그래도 괜찮습니다. 그냥 그 목소리의 소유자와 대화한다고 생각하면서 인사를 건네세요. 그리고 당신이 궁금한 것을 물어보고, 목소리의 입장에서 답을 해보세요. 왜 그렇게 날 서 있는지, 무엇 때문에 흥분하는지, 가장 싫어하는 건 뭔지 물어본 뒤 이번엔 자기 비난의 목소리가 되어 당신의 질문에 답해보세요. 지금부터 15분입니다.
글을 마무리할 때는 그에게 대화에 응해줘서 고맙다고, 다음에도 또 만나자고 인사하세요.

→

내면 비판자는 당신 자신이 아니고 당신의 부분입니다. 당신을 비판한다고 해서 당신보다 우월한 존재도 아닙니다. 그는 사실 현실감이 부족한 존재입니다.

당신에게 요구하는 것은 지나치게 완벽하고 이상적이어서 현실에 적용하기 어려우니까요. 그러니 그의 목소리에 주눅 들거나 무조건 따르려고 애쓰지 마세요. 다만 당신의 내면을 이해하기 위한 목적으로 그의 이야기를 참고하세요.

042. 감정의 해일이
지나간 후에

약 12분 쓰기

○ 나이가 들수록 감정이 복잡해집니다. 어떤 상황에서 격렬한 감정을 느꼈다면 그 안에는 다양한 종류의 감정이 뒤엉켜 있을 거예요. 하나의 감정이 탁 불꽃을 일으키는 순간, 살아오면서 켜켜이 쌓아둔 한스러운 감정들이 저마다 할 말이 있다며 아우성치기 시작합니다. 수치심, 분노, 억울함, 배신감, 원망, 불안, 공포 등등. 뿐인가요? 나를 통제하지 못해서 느끼는 당혹스러움, 자책감, 낭패감, 자기 비난의 감정까지 뒤엉킵니다.

그 감정의 해일이 지나간 뒤 자신의 모습을 비교적 담담하게 돌아볼 수 있을 때 이 작업을 시도하세요. 감정이 격렬한 상황에서 당신이 느꼈던 감정의 갈래를 가만히 되짚어보는 겁니다. 하나의 색으로 보였던 감정 안에 얼마나 다양한 감정이 포함돼 있었는지 아래 예와 같이 목록으로 적어보세요.

상황: 오늘 오전 과장님이 짜증스러운 말투로 나를 비난할 때

- 과장님의 질책에 방어하고 싶은 마음
- 다른 직원들이 보고 있을 것에 대한 수치심
- 과거 엄마가 나를 비난할 때 느꼈던 위축감
- 내 능력에 대한 실망감
- '걱정하던 일이 또 터졌군' 하는 낭패감
- 거칠게 말하는 과장에 대한 저항감과 분노

○ 목록으로 만든 당신의 감정 뒤에 공감과 위로의 말을 한마디씩 써보세요. '맞아. 질책받는 게 정말 싫었어' '얼마나 힘들었니' '알아. 온몸이 긴장할 때 정말 힘들어' 하면서요. 1분입니다.

○ 다양한 감정의 갈래를 적어놓고 보니 어떤가요? 어떤 생각을 하게 됩니까? 지금 떠오르는 생각을 글로 자유롭게 써보세요. 시간은 5분입니다.

○ 감정의 폭발을 경험한 뒤에는 항상 이 작업을 반복해보세요. 그러다 보면 감정이 치솟아 오를 때 외부로 감정을 발산하기보다 점차 내면에서 감정의 결을 느끼는 데 집중하는 자신을 발견하게 될 겁니다.

→

043. 감정과 대화하기

○ 애니메이션 〈인사이드 아웃〉은 감정에 관한 심리학 교과서입니다. 그 영화는 주인공 라일리가 느끼는 감정을 다섯 명의 인격으로 묘사했어요. 기쁨이, 우울이, 까칠이, 버럭이, 슬픔이….

실제로 내면의 감정은 인격을 지닌 것 같아요. 어떤 감정에게 말을 걸면 마치 사람처럼 대답하니까요. 당신도 감정에게 말을 걸어보세요. 감정을 깊게 이해하고 싶을 때 왜 그토록 억울함이 사라지지 않는지, 왜 여전히 불안한지, 왜 화가 나는지 감정에게 물어보세요. 사실 감정은 그 누구보다 당신이 관심 갖고 물어봐주길 기다리고 있답니다.

자, 이제 감정과 대화 글쓰기를 시작할 거예요. 먼저 대화하고 싶은 감정에 이름을 붙여보세요.

○ 당신이 그 감정을 느낄 때 어떤 느낌과 감각이 느껴지는지 알아차려보세요.

○ 그 감정을 사람으로 묘사한다면 어떤 모습일까 상상해보세요. 나이는? 성별은? 분위기나 행색은 어떤가요? 떠오르는 게 있다면 노트에 메모해두세요. 상상하는 게 어렵다면 이 과정은 생략해도 됩니다.

○ 이제 대화 글쓰기를 시작하세요. 글은 마치 시나리오나 대본처럼 당신과 감정이 주고받는 대화체로 써보세요. 지금 바로 "안녕, ○○아" 하고 말을 걸어보세요. 10분입니다.

○ 감정과 대화하기가 익숙해지면 글 쓰는 시간을 조금씩 늘려보세요.

→

마음의 상처로
고통받을 때

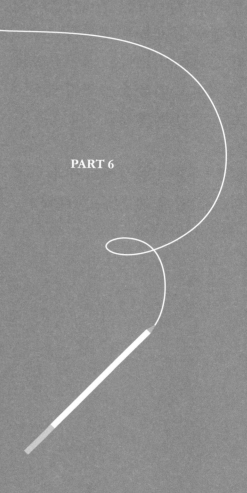

PART 6

누구나 인생을 살다 보면
크고 작은 마음의 상처를 얻게 됩니다.
심각한 것은 트라우마로 남지만
작은 상처도 많아지면 문제가 되지요.
우리가 삶의 문제들을 결정하고 해결할 때
과거의 상처들이 모이고 흩어지면서
시야를 가리고 마음을 산란하게 해서
지혜로운 결정을 방해합니다.
뿐인가요.
가라앉은 기분이 만성화되거나
에너지가 고갈된 것 같은 상태에
이를 수도 있습니다.

이 파트는 마음의 상처를 글쓰기로 이해하고 치유하도록 안내합니다. 내면의 상처를 치유하는 데는 세 가지 키워드가 있습니다. 과거, 재경험, 통증이 그것입니다.

현재 경험하는 심리적 문제를 해결하기 위해 과거를 방문해야 할 때가 종종 있습니다. 현재의 문제가 과거 어린 시절의 경험과 관련 있을 때는 마치 과거에서 에너지를 보충받기라도 하는 것처럼 현재의 증상이 끈질기고 강력합니다. 그럴 때는 과거로 가야 합니다. 과거의 당신과 만나 그 아이의 이야기를 들어주고, 당시의 일을 성인의 눈으로 재경험해야 합니다. 상처 입은 과거의 기억으로 들어가는 일은 우울하고 괴로운 일임이 틀림없습니다.

그래도 희망이 있습니다! 마음의 상처를 그대로 놔두면 현재의 삶을 방해하는 주요 원인이 되지만 치유하면 놀랍도록 긍정적인 에너지로 탈바꿈합니다. 그때 당신은 가파른 산을 넘은 자, 삶의 이면을 목격한 자, 어린 시절의 나를 보호한 자로서 영웅이 됩니다. 영웅은 미지의 세계를 탐험하고 괴물과 맞서 싸운 자이며, 약자를 구해낸 존재입니다. 당신이 바로 그런 존재가 되는 것이지요. 그 과정에서 일시적으로 우울해질 수 있고, 애도의 과정에서 눈물을 많이 흘릴 수도 있습니다. 하지만 이것하나는 확실합니다. 이때 느끼는 통증은 재발견과 통찰을 위한통증, 그리고 회복의 통증입니다. 땀을 흠뻑 흘리며 운동하는것과 같은, 마사지를 받는 것과 같은 그런 통증 말이에요.

상처를 다루는 데는 끝없는 주의가 필요합니다. 당신은 당신에 대해 누구보다 잘 아는 사람이지요. 당신을 든든하게 지켜줄 희망의 자원을 꼭 챙기고, 힘에 부친다는 느낌이 들 때는 작업을 잠시 중단하고 얼마간 떠오르는 대로 자유롭게 글쓰기를해도 좋습니다.

이제 지난한 글쓰기 작업에 돌입합니다. 파이팅!

트라우마

과거,
재경험,
통증

상처 치유

044. 마음의 상처란

○ 당신에게 마음의 상처란 무엇입니까? 다음의 빈칸을 채워 문장을 완성하고 이 문장으로 시작하는 글을 떠오르는 대로 자유롭게 써보세요. 시간은 15분입니다.

✦ 마음의 상처란 ＿＿＿＿＿＿＿＿＿＿＿ 이다.

→

045. 내면의 비판자 목소리

약 20 분 쓰기

○ 자기 자신에게 상처 줄 때가 있습니다. 대부분 내면 비판자가 하는 말이지요. 당신의 비판자는 어떤 말로 자신을 비난하나요? 10분 동안 떠오르는 대로 목록을 작성해보세요. 예를 들면 다음과 같습니다.

- 어떤 일을 시작할 때: "제대로 하지 않으면 내가 엉망이라는 걸 사람들이 알게 될 거야."
- 어떤 일을 추진할 때: "그 정도 해서 되겠어? 더 최선을 다해야지."
- 목표하던 일을 다 이루지 못했을 때: "그따위로 하니까 안 되는 거야."
- 추진하던 일에 실패했을 때: "역시 넌 안 돼. 주제도 모르고 덤볐다가 벌받은 거야."
- 실수했을 때: "일을 어떻게 그따위로 해! 한심하다, 한심해."
- 원하던 일을 이뤘을 때: "어쩌다 보니 운이 좋아서 된 거지."
- 사람들에게 칭찬받았을 때: "사람들이 내 실체를 모르고 저러는 거야."
- 칭찬받고 기분 좋을 때: "그런 거로 기분 좋아하다니, 넌 아직 멀었어."
- 타인의 실수를 봤을 때: "쯧, 엉망으로 해서 큰코다쳤군. 너도 조심해. 저렇게 망신 당할 수 있어."

○ 당신이 만든 목록을 읽어보세요. 어떤 특성이나 공통점이 있습니까? 굉장히 냉소적이다, 엄격하고 무섭다, 사회적 성공과 관련된다, 엄마가 하는 말과 비슷하다 등의 특성을 찾아보세요.

○ 앞의 목록에서 떠올랐던 과거의 한 장면이 있나요? 그것에 대해 써보세요. 시간은 7분입니다.

○ 그 장면 속에서 힘들어했던 과거의 당신을 위로해주세요.

→

046.   떠나보내기

약 25분 쓰기

○ 사람이든 동물이든 의미 있는 뭔가를 떠나보낸 경험이 있습니까? 인생에서 경험한 모든 이별을 목록으로 정리해보세요. 다음이 그 예시입니다.

- 12살에 부모님이 이혼해서 엄마와 같이 살 수 없게 됐다.
- 15년 같이 산 강아지가 3년 전에 죽었다.
- 그와 주고받았던 메일을 모두 지워버렸다.
- 남편이 죽었다.

○ 당신이 작성한 목록 중에서 충분히 슬퍼하고 애도했다고 생각하는 이별은 무엇입니까? 해당하는 내용에 모두 ○ 표시를 한 뒤 하나를 골라 5분 동안 떠오르는 대로 써보세요.

○ 작성한 목록 중에서 애도가 충분하지 않았다고 생각하는 이별에는 어떤 것이 있나요? 해당하는 내용에 모두 △ 표시를 한 뒤 그중 하나를 골라 10분 동안 떠오르는 대로 써보세요.

○ 하루에 한 가지씩 애도하는 글쓰기를 해보세요.

→

마무리 글쓰기를 하면서 새롭게 알게 된 것은 무엇입니까? / 지금 당신의 기분은 어떤가요?
글쓰기 어떤 감정을 느끼나요? / 글쓰기를 마친 자신을 위로하고 칭찬해주세요.

047. 현재와 과거

○ 당신이 요즘 경험하는 마음의 상처가 과거의 고통과 연관되어 있다면 통증은 더 심각할 겁니다. 통증을 줄이기 위해 과거의 기억을 떠올리는 작업을 시도해보세요. 현재의 심리적 통증이 과거로부터 비롯됐다는 사실을 아는 것만으로도 통증 감소 효과가 있으니까요. 아래의 빈칸을 채워보세요.

✦ 현재 부모와의 관계에서

나는 ＿＿＿＿＿＿＿ 할 때 마음이 상한다.

그것은 어린 시절 ＿＿＿＿＿＿＿ 한 기억과 닮았다.

✦ 현재 형제자매와의 관계에서

나는 ＿＿＿＿＿＿＿ 할 때 마음이 상한다.

그것은 어린 시절 ＿＿＿＿＿＿＿ 한 기억과 닮았다.

✦ 친구와의 관계에서

나는 ＿＿＿＿＿＿＿ 할 때 마음이 상한다.

그것은 어린 시절 ＿＿＿＿＿＿＿ 한 기억과 닮았다.

✦ 동호회 등 취미 활동의 영역에서

나는 ＿＿＿＿＿＿＿ 할 때 마음이 상한다.

그것은 어린 시절 ＿＿＿＿＿＿＿ 한 기억과 닮았다.

✦ 학교에서

　나는 ＿＿＿＿＿＿＿＿＿＿ 할 때 마음이 상한다.

　그것은 어린 시절 ＿＿＿＿＿＿＿＿ 한 기억과 닮았다.

✦ 직장에서

　나는 ＿＿＿＿＿＿＿＿＿＿ 할 때 마음이 상한다.

　그것은 어린 시절 ＿＿＿＿＿＿＿＿ 한 기억과 닮았다.

○ 빈칸을 모두 채운 위 문장 중에서 하나를 골라 떠오르는 대로 자유롭게 글을 써보세요. 시간은 5분입니다.

→

이런 생각을 할 때가 있습니다. 사람들은 별일 아니라고, 잊으라고 말하는데 나는 왜 이렇게 고통스럽지? 사람들은 같은 일을 겪고도 무덤덤한데 나는 왜 이토록 괴로운 걸까?

당신만 유독 고통스러운 일이 있다면 아마 그것이 과거 상처를 연상시키기 때문일 겁니다. 현실에서 힘들 때마다 내면아이가 유사한 자신의 아픔을 가지고 달려와 당신을 껴안습니다. 자기 문제를 해결해달라고 말이지요. 또 당신이 어린 시절로 퇴행해 무력한 그 시절 아이가 되기도 합니다.

현재의 통증은 이렇게 과거의 아픔과 만나 화학작용을 일으킨 뒤 몇 배로 커집니다.

명심하세요. 성인이 되어 경험하는 마음의 상처는 어린 시절의 상처만큼 치명적이지 않다는 사실을. 어린 아이가 경험하는 생존의 위협과 다르다는 사실을. 당신은 자신을 보호할 수 있고, 문제를 해결할 수 있는 성인이라는 사실을 잊지 마세요. 아이가 되어 고통을 보지 말고, 어른의 시선으로 당신의 문제를 바라보세요.

048. 인생 그래프: 그리기

약 20분 쓰기

○ 태어나면서부터 지금까지 잊지 못한 일들, 또는 이후 당신의 삶을 변화시킨 인생의 변곡점을 그래프로 정리해보세요. 먼저 현재 나이를 중앙선 끝에 표시하고 5~10살 단위로 나이를 표시하세요. 행복감을 느끼게 한 일은 중앙선의 위쪽에, 불행감을 느끼게 한 일은 중앙선의 아래쪽에 점을 찍고 어떤 일이었는지 간단하게 표기하세요. 모두 정리했으면 선들을 순서대로 연결해보세요. 그림과 색칠로 예쁘게 꾸며도 좋습니다.

○ 선을 연결하면 각각의 점은 꼭짓점이 됩니다. 각각의 꼭짓점마다 이름을 하나 붙여주세요. 폭풍, 왕소금, 고독 등 경험을 상징하는 당신 나름의 단어를 선택하면 됩니다.

○ 당신의 인생 그래프 전체에도 이름을 붙여주세요. 하나의 단어 또는 간단한 한 구절로 만들어주세요.

○ '수고했어. 내 인생' 또는 '수고했어 (당신의 인생 그래프의 이름)아'라는 제목으로 글을 써보세요. 시간은 5분입니다.

행복감 1~10점

10

0

태어남   현재 나이

10

불행감 1~10점

○ 당신은 불행 점수 영역에 있는 일들을 견디거나 극복하고 지금 여기에 와 있습니다. 당신을 생존하게 한 힘은 무엇입니까? 예를 들면 창의성, 불굴의 정신, 물러서지 않고 맞서는 용기, 유머, 높은 지능 같은, 세상이 높게 평가해주는 강점일 수도 있고, 인내심, 라이벌을 만들지 않는 평범한 외모, 무던함 등 눈에 띄지 않는 특성일 수도 있습니다. 당신의 힘 또는 저력을 생각나는 대로 써보세요.

○ 당신의 힘 중에서 하나를 선택해 다음의 빈칸을 채우세요. 적절한 수식어를 사용해 구체화해보세요. 이를테면 길들지 않는 고양이, 무서운 저력을 가진 곰, 깊은 슬픔을 포함한 보라색 등으로 말이지요.

　　✦ 나는 ＿＿＿＿＿＿＿ 한 힘(저력)을 가진 사람이다.

　　✦ 내가 가진 힘은 ＿＿＿＿＿＿＿ 한 특성이 있다.

　　✦ 나의 힘을 동물(또는 식물)에 비유한다면 ＿＿＿＿＿＿＿ 이다.

○ 완성된 위의 문장을 하나 선택해서 그것을 시작으로 글을 써보세요. 시간은 5분입니다.

→

050.   내면아이가 하는 말

약
25
분
쓰
기

○ 글을 배우기 전이나 서툴게 글을 쓰던 시절의 내면아이를 만나고 싶다면 이렇게 해보세요. 아이처럼 서툴게 글을 써보는 거예요. 당신이 오른손잡이라면 왼손으로, 반대로 왼손잡이라면 오른손으로 평소에 쓰지 않는 손에 펜을 잡으세요.
아이의 기분을 느끼기 위해 그림 그리기부터 시작해도 됩니다. 강아지나 엄마, 아빠, 그리고 나를 그려보세요. 그리고 글을 써보세요. 글이 서툴게 써진다고 조급해하지 말고, 아이의 심정을 느끼면서 천천히 최대한 정성스럽게 글을 써보세요. 시간은 5분입니다.

○ 만약 어린 내면아이와 본격적으로 대화 글쓰기를 하고 싶다면 평소 쓰던 손으로 펜을 옮겨 잡고 글쓰기를 준비하세요. 상상 속에서 아이의 모습을 살펴보세요. 내면아이는 어떤 모습입니까? 어떤 표정을 짓고 있으며 어떤 옷을 입었나요? 눈을 감은 채 상상하고 싶다면 그렇게 해도 됩니다. 내면아이의 모습을 어느 정도 구체화했다면 그 모습을 글로 간단하게 묘사해주세요. 시간은 2분입니다.

○ 자, 이제 그 아이와 대화를 시작하세요. 아이에게 인사를 건네고 질문하세요. 구체적인 질문일수록 좋습니다. 네 옷이 참 예쁘다. 넌 마음에 들어?, 너 지금 뭔가 하고 있었나 보네, 뭘 하고 있었니?, 엄마는 그때 뭐라고 하셨어?, 네가 제일 좋아하는 음식은 뭐야? 등등.

그 아이에게 어떤 질문을 해야 할지는 당신이 가장 잘 알고 있을 겁니다. 10분 동안 글을 쓰세요.

○ 다음의 질문을 미처 하지 못했다면 이렇게 물어봐주세요. "내가 너에게 어떻게 해주면 좋겠니?", "내게 바라는 걸 자세히 얘기해 줄래?" 그리고 아이의 대답을 글로 써보세요. 시간은 5분입니다.

○ 글을 다 썼다면 아이에게 이야기해줘서 고맙다고 전하고, 다음에 또 만나자고 인사를 건네세요.

→

051. 잊지 못할 내가 있었다: 유년 시절

약 15분 쓰기

○ 10살 이전의 어린 자신을 기억하고 있나요? 행복했든 그렇지 못했든 기억 속의 어린 당신은 어떤 모습입니까? 10개의 목록으로 작성해보세요. 아래의 문장이 그 예입니다.

- 회초리를 가지러 간 엄마를 두려움에 떨며 기다리던 어린아이가 있었다.
- 친구들이 놀리는 게 억울하고 분해서 엉엉 울던 내가 있었다.
- 엄마가 따라오지 않은 소풍, 그래도 크게 신경 쓰지 않고 친구들과 신나게 놀던 내가 있었다.

○ 목록 중에서 한 장면의 나에게 편지를 써보세요. 당시의 기억을 상세히 추억해도 좋고, 네가 참 안쓰럽다고 다독여줘도 좋고, 이젠 괜찮다고 내가 지켜줄 거라고 안심시켜도 됩니다. 노트에 써도 좋지만 그 나이 또래 감성의 그림이 그려진 엽서나 편지지, 메모지에 쓰고 스티커를 붙이거나 간단한 그림을 그려보세요. 아이가 더 좋아할 거예요. 시간은 5분입니다.

○ 놀라운 일이 벌어졌습니다! 당신이 보낸 편지를 어느 날 아이가 받았으니까요. 그 아이가 당신의 편지를 읽고 서툰 글씨로 당신에게 답장을 씁니다. 편지 속에서 아이는 '맞아, 나 정말 힘들어. 무서워'라고 할 수도 있고, '네 생각만큼 힘들지 않아. 나 사실 그런 일 따

위 신경 안 쓰거든'과 같은 의외의 이야기를 할 수도 있습니다. 기억 속의 아이가 되어 현재의 당신에게 편지를 써보세요. 시간은 3분입니다.

○ 당신이 목록에 쓴 기억 속의 아이들에게 같은 방식으로 각각 편지를 쓰고 또 답장을 받아보세요.

→

052. 잊지 못할 내가 있었다: 10대

○ 지금도 잊지 못하는 10대 시절의 기억이 있습니까? 그때 당신은 어떤 장면 속에 있나요? 잊지 못할 당신의 모습을 10개만 목록으로 정리해보세요. 아래의 문장이 그 예입니다.

- 친구 집에 놀러가 친구 방 책상 밑에서 그 아이의 동화책을 빌려 읽던 내가 있었다.
- 성공한 부모 밑에서 자란 공부 잘하던 친구를 질투하던 내가 있었다.
- 산꼭대기 단칸방 살 때, 식구들이 다 자는 시간에 작은 밥상 펴놓고 밤새워 공부하던 악바리 내가 있었다.
- 주인집 부엌의 수도에 호스를 연결해 항아리에 물을 받을 때마다 눈치 보며 움츠러들었던 내가 있었다.
- 중3, 영혼의 단짝이라고 느낀 친구를 만나 교환 일기를 주고받으며 행복해했던 잊지 못할 내가 있었다.

○ 10대의 당신 중에서 하나를 선택해 그 아이에게 편지를 써보세요. 어떤 말을 해도 좋지만 후회한다고 말하거나 가르치려고 하지 않아야 합니다. 시간은 5분입니다.

○ 당신의 편지를 읽은 10대의 내가 답장을 보냈습니다. 그 편지에는 어떤 내용이 쓰여 있나요? 그 아이의 심정이 되어 지금의 당신에게 답장을 써보세요. 시간은 5분입니다.

○ 목록에 있는 각각의 아이와 편지를 주고받거나 특정 상황의 아이와 반복해서 주고받아도 좋습니다.

→

053.　잊지 못할 내가 있었다:
20대

○ 당신의 20대는 어땠나요? 보통 학교를 졸업하고 취업이나 연애 등으로 좌충우돌하는 때입니다. 기억나는 20대의 구체적인 장면을 10개의 목록으로 만들어보세요. 아래의 문장이 그 예입니다.

- 아버지의 강요에서 벗어나려고 매일 밤 술에 취해 귀가하던 내가 있었다.
- 학비를 벌기 위해 닥치는 대로 아르바이트를 하던 내가 있었다.

○ 어느 한 기억 속의 나에게 편지를 써보세요. 시간은 7분입니다.

○ 편지를 받은 과거의 내가 지금의 나에게 답장을 보냈습니다. 당시의 내가 되어 편지를 써보세요. 20대의 나에게 후회한다고 말하거나 가르치려고 하지 않아야 합니다. 시간은 5분입니다.

○ 목록에 있는 각각의 나와 편지를 주고받아도 좋고, 특정 상황의 나와 반복해서 주고받아도 괜찮습니다.

→

지금의 나는 과거의 수많은 '나'의 합이라고 해도 과언이 아닙니다. 사람들은 과거를 잊고 현재와 미래를 살라고 충고하지만 나의 현재 삶은 수많은 과거의 '나'와 함께하는 삶입니다. 그래서 과거의 '나들'과의 화해가 절실합니다. 과거의 나와 편지를 주고받는 작업은 불편했던 과거의 삶에 손 내미는 일입니다.

너를 있는 그대로 인정한다고, 잘 견뎌준 것만으로도 고맙다고 말함으로써 과거의 나를 깊게 끌어안는 일입니다. 과거의 나와 편지를 주고받는 이 글쓰기 작업을 현재 나이에 이르기까지 계속해보세요. 과거의 어떤 장면이 기억날 때마다 그 장면 속 자신과 편지 주고받기를 시도하는 것도 좋습니다.

054. 어머니: 어떤 사람인가

○ 당신의 어머니는 어떤 사람인가요? '어머니' 하면 떠오르는 생각을 목록으로 써보세요. 반복해서 떠오르는 생각이 있다면 반복해서 기록하세요. 우리 집 왕비다, 엄마만 생각하면 마음이 푸근해진다, 유머가 많아서 나를 웃게 한다, 나에게 아빠 흉을 너무 많이 본다, 어쩌라고… 등 그 어떤 생각이어도 좋습니다.

○ 완성한 목록을 읽어보고 아래의 문장을 완성해보세요. 당신은 어머니에 대해 대체로 어떻게 이해하고 있습니까? 당신 눈에 비친 어머니는 어떤 사람인가요? 도와줘야 할 불쌍한 사람, 친구, 푸근하고 기대기 좋은 사람, 너무 완벽해서 두려운 존재, 내가 할 수 없는 것들을 요구하는 부담스러운 존재, 소리치는 사람 등 무엇이어도 좋습니다.

✦ 내가 보는 어머니는 ＿＿＿＿＿＿＿ 한 사람이다.

○ 완성한 문장을 시작으로 하는 글을 써보세요. 시간은 15분입니다.

→

055.　어머니: 나의 노력

○ 아마 당신은 어머니의 행복을 위해 이제까지 의식적, 무의식적으로 많이 노력했을 겁니다. 당신이 했던 노력은 무엇입니까? 엄마의 하소연을 들어줬다, 늘 엄마의 기분을 살피고 눈치를 봤다, 공부를 잘해야 했다, 우울한 엄마를 즐겁게 하려고 밝은 모습을 보여줘야 했다, 나는 아빠가 밉지 않은데 아빠 흉을 같이 봤다, 엄마가 가슴 아파할까 봐 학교에서 겪는 어려움을 말하지 않았다 등의 내용을 생각나는 대로 목록으로 써보세요.

○ 당신이 어머니에게 하는 노력이 자식으로서 적당했나요? 혹시 부모에게 배우자나 부모 역할을 한 것은 아닙니까? 부모의 부모나 배우자 역할을 하는 아이를 '부모화된 아이'라고 합니다. 그 당시에는 자각하지 못하지만 부모처럼, 또는 그들보다 더 어른인 채로 사는 일은 커다란 바위를 등에 지고 버티는 일만큼이나 무겁고 고된 일입니다. 그에 대해 15분간 써보세요.

→

어머니:
내가 원하는 것

약
15
분
쓰기

○ 당신이 어머니에게 원하는 게 무엇인지 알고 있나요? 분명히 알아야 확신하고 구체적으로 요구할 수 있답니다. 요구할 수 없는 상황이더라도 자신의 욕구에 대해 분명히 알아야 스스로를 위로하고 다독일 수 있습니다.

자식으로서 어머니에게 받고 싶은 것은 무엇입니까? 비현실적이라도 괜찮습니다. 생각나는 대로 모두 써보세요. 경제적인 지원, 위로, 말없이 이야기를 들어주는 것, 따뜻한 포옹, '괜찮아'라는 말, 함께 깔깔 웃는 것, 엄마와의 쇼핑, 내 생활에 대해 시시콜콜 잔소리하지 않는 것 등.

✦ 엄마에게 받고 싶은 것을 한마디로 말하면 _____ 이다.

○ 위 문장에 대해 글을 써보세요. 시간은 10분입니다.

→

057. 아버지: 어떤 사람인가

약 25분 쓰기

○ 당신의 아버지는 어떤 사람인가요? '아버지' 하면 떠오르는 생각을 목록으로 써보세요. 반복해서 떠오르는 생각이 있다면 반복해서 기록하세요. 우리 집 왕이다, 아빠만 생각하면 마음이 푸근해진다, 재미있는 이야기를 많이 해준다, 자주 욱해서 소리친다, 엄마를 함부로 대한다, 공부 압박이 장난 아니다 등 그 어떤 생각이어도 좋습니다.

○ 완성한 목록을 읽어보세요. 당신은 아버지를 대체로 어떻게 이해하나요? 당신 눈에 비친 아버지는 어떤 사람입니까? 가족에 대한 책임감이 없는 사람, 일만 하는 사람, 친구, 푸근하고 기대기 좋은 사람, 소통 불가능한 사람, 이기적인 어린아이 등 무엇이어도 좋습니다.

　✦ 내가 보는 아버지는 ＿＿＿＿＿＿ 한 사람이다.

○ 완성한 문장을 시작으로 하는 글을 써보세요. 시간은 15분입니다.

→

아버지:
　　　　나의 노력

○ 아버지에게 인정받고 사랑받기 위해 노력한 일이 있습니까? 자식은 누구든 아버지에게 의미 있는 존재이고 싶어 하지요. 당신이 아버지를 위해 했던 노력은 무엇입니까? 어릴 때 아빠의 칭찬을 받으려고 아빠의 구두를 닦았다, 아빠가 원하는 사람이 되기 위해 애썼다, 공부를 잘해야 했다, 애교 많은 딸 노릇을 하려고 노력했다, 아빠가 말 걸어주기를 기다렸다, 화풀이 대상이 됐다, 아빠가 야단칠 때 가능하면 순응하려고 했다 등의 내용을 생각나는 대로 목록으로 써보세요.

○ 당신이 아버지에게 하는 노력이 자식으로서 적당한가요? 혹시 부모에게 배우자나 부모 역할, 혹은 그 이상의 역할을 했던 것은 아닙니까? 그랬다면 상당히 마음의 부담이 있었을 겁니다. 당신이 짊어졌을 부담에 대해 15분간 써보세요.

→

059.   아버지:
내가 원하는 것

약 15분 쓰기

○ 아버지에게 무엇을 원하는지 분명히 아는 건 매우 중요합니다. 그래야 구체적으로 요구할 수 있으니까요. 만약 요구할 수 없는 상황이더라도 자신의 욕구를 분명히 알아야 스스로를 위로하고 다독일 수 있습니다.

자식으로서 아버지에게 받고 싶은 것은 무엇입니까? 구체적으로 모두 써보세요. 비현실적이라도 괜찮습니다. 학비, 용돈 인상, 위로, 말없이 이야기를 들어주는 것, 따뜻한 포옹, '괜찮아'라는 말, 함께 깔깔 웃는 것, 내 노력에 대한 칭찬 등.

◆ 아빠에게 받고 싶은 것을 한마디로 말하면 _____ 이다.

○ 위 문장에 대해 글을 써보세요. 시간은 10분입니다.

→

060. 불편한 유산: 부모의 아픔

○ 당신의 부모는 어떤 마음의 상처를 안고 살았습니까? 부모가 가진 열등감은 무엇이었나요? 어린 시절 매맞는 아이였다, 초등학교밖에 나오지 못했다, 너무 가난했다, 부모가 없었다 등 부모에 대해 알고 있는 이야기를 생각나는 대로 목록으로 만들어보세요.

○ 목록을 완성했다면 다음의 문장을 완성해주세요.

   ✦ 어머니의 상처는 _____ 이다.

   ✦ 어머니는 평생 _____ 라는 아픔을 안고 살았다.

   ✦ 아버지의 상처는 _____ 이다.

   ✦ 아버지는 평생 _____ 라는 아픔을 안고 살았다.

○ 어머니나 아버지에게 편지를 써보세요. 심리적 상처에서 벗어나 행복해지기를 바라는 마음을 담아서요. 한 부모에게만 써도 좋고 부모 두 분에게 각각 편지를 써도 좋습니다. 한 분에게 편지를 쓰는 시간은 10분입니다.

→

061.　불편한 유산: 마음의 짐

○ 부모가 해결하지 못한 심리적 과제를 떠안아 그것을 해결해보려고 전전긍긍하는 자식들이 많습니다. 안타까운 것은 부모의 과제와 씨름하느라 자신의 과제를 미뤄두고 있다는 데 있습니다.
앞에서(060) 작성한 부모의 심리적 상처와 아픔 중에서 당신이 물려받은 것이 있습니까? 무엇인가요? 삶이 늘 전쟁 같다는 느낌, 학력 콤플렉스, 사회적 지위 콤플렉스, 외모 콤플렉스, 사랑받지 못할 존재라는 느낌, 이유를 알 수 없는 열등감 등 당신이 부모에게서 물려받은 불편한 유산을 모두 적어보세요.

○ 당신이 적은 각각의 유산에게, 안타까운 일이지만 너는 나의 몫이 아니라고, 이제 너를 떠나보내겠다고 작별 인사를 나누세요. 각각 5분입니다. 며칠에 걸쳐 나누어 써도 좋습니다.

→

062.   불쾌한 경험 쓰기

○ 먼저 당신이 가진 강점 하나를 떠올려 노트에 적어보세요. 당신은 이제까지 모든 어려움을 헤쳐온 사람임을 잊지 마세요.

○ 불행하거나 불쾌했던 경험, 잊히지 않은 경험을 목록으로 작성해보세요. 사소한 경험도 모두 포함하세요. 각각의 경험을 너무 길게 쓰면 힘든 작업이 될 수 있으니 가능하면 메모처럼 짧게 작성하세요. 7살 때 엄마의 회초리, 엄마와 아빠가 싸우던 날, 고등학교 때 버스 안에서 있었던 추행 등등으로 말이지요. 10분 이내에 작성해주세요.

○ 작성한 목록을 읽어보세요. 주로 어떤 일을 겪었는지, 어디에서 그리고 누구와의 관계에서 많이 일어났는지 살펴보고 알아차린 것을 글로 쓰세요. 시간은 3분입니다.

○ 목록을 모두 작성한 자신을 칭찬해주세요. 그런 경험을 견뎌낸 나, 그것을 직면하기 위해 글쓰기를 하는 나를 칭찬하고 지금은 안전하다는 사실을 이야기해주세요. 2분 동안 글을 쓰세요.

→

063. 트라우마 쓰기

7
분
쓰
기

○ 당신의 강점 하나를 떠올려 노트에 적어놓으세요. 당신은 이제까지 모든 어려움을 헤쳐온 사람임을 잊지 마세요.

○ 그런 뒤 당신의 인생에서 트라우마가 된 경험을 목록으로 정리해보세요. 아직도 당신의 감정과 생각으로 스며들어 일상에 영향을 미치거나 잊히지 않아서 자꾸 떠오르는 그런 일 말이지요. 앞(062)에서 작성한 내용과 중복돼도 좋습니다.

○ 목록을 모두 작성한 자신을 칭찬해주세요. 그런 일을 견뎌낸 나, 그리고 그것을 직면하기 위해 글쓰기하는 나를 칭찬하고 지금은 안전하다는 사실도 이야기해주세요. 2분 동안 글을 쓰세요.

→

마무리 글쓰기 | 글쓰기를 하면서 새롭게 알게 된 것은 무엇입니까? / 지금 당신의 기분은 어떤가요? 어떤 감정을 느끼나요? / 글쓰기를 마친 자신을 위로하고 칭찬해주세요.

약 22분 쓰기

○ 사회심리학자로 트라우마를 연구해온 페니베이커는 트라우마를 치료하는 글쓰기 방법으로, 외상 경험을 4일 연속해서 써보라고 제안합니다.

오늘부터 4일간 매일 20분씩 트라우마 글쓰기를 시도해보세요. 당신의 인생에서 적지 않은 상처를 준 트라우마, 지금도 자꾸 떠오르는 과거의 기억이 있다면 이번 기회에 페니베이커의 안내에 따라 글을 써보세요. 그 외상과 감정의 격변에 대해 깊이 숨겨놨던 이야기를 글쓰기로 해방해보세요.

○ 자, 숨을 크게 들이마신 뒤 코를 통해 숨을 천천히 내보내면서 긴장했던 몸을 이완하세요. 숨을 들이마실 때 '호흡', 숨을 내쉴 때 '이완'이라고 마음속에서 되뇌면서 2분간 반복합니다.

이 트라우마 글쓰기가 부담스럽다면 건너뛰어도 좋습니다. 언제든 마음의 준비가 됐을 때 다시 시도해보세요.

○ 첫째 날인 오늘은 그 사건 자체에 집중해서 써보세요. 그 사건 당시와 지금의 감정을 중심으로 글을 써도 좋습니다. 다시 말하지만 주어진 20분 동안 멈추지 말고 계속 글을 써야 합니다. 당신을 응원합니다.

○ 글을 다 썼다면 아래의 질문에 답하세요.

(1) (2) (3) (4) (5) (6) (7) (8) (9) (10)

전혀 아니다   어느 정도 그렇다   매우 그렇다

✦ 당신의 가장 깊은 내면의 생각과 감정들을 어느 정도 표현했나요?

✦ 당신이 현재 느끼는 슬픔이나 분노는 어느 정도인가요?

✦ 당신이 현재 느끼는 행복감은 어느 정도인가요?

✦ 오늘의 글쓰기가 어느 정도로 당신에게 가치 있고 의미 있는 일이었나요?

✦ 오늘 글쓰기한 소감을 간략하게 적어보세요.

→

○ 트라우마를 글로 쓰는 두 번째 날입니다. 오늘은 어제 썼던 그 사건을 다시 써도 좋고 완전히 다른 사건에 관해 써도 좋습니다. 하지만 저는 같은 사건을 다른 각도에서 다뤄보라고 제안하고 싶어요. 어제도 말했듯이 글을 쓰기 위해 책과 노트를 펼쳤는데 도저히 써지지 않는다면 포기해도 좋습니다. 언젠가 당신에게도 글을 쓸 힘이 생길 테니까요.

페니베이커는 둘째 날 글쓰기에 대해 이렇게 안내합니다.

> "오늘의 글쓰기에서는 이 심리적 외상이나 감정의 격변이 당신의 삶에 전반적으로 어떤 영향을 미쳤는지 생각해보라. 또한 당신이 어떤 면에서 책임이 있다면 그것에 대해서 써도 좋다. 당신의 가장 깊은 생각과 감정을 숨김없이 털어놓아라."

자, 20분입니다!

○ 글을 다 썼다면 아래의 질문에 답하세요.

(1) (2) (3) (4) (5) (6) (7) (8) (9) (10)

전혀 아니다   어느 정도 그렇다   매우 그렇다

✦ 당신의 가장 깊은 내면의 생각과 감정들을 어느 정도 표현했나요?

✦ 당신이 현재 느끼는 슬픔이나 분노는 어느 정도인가요?

✦ 당신이 현재 느끼는 행복감은 어느 정도인가요?

✦ 오늘의 글쓰기가 어느 정도로 당신에게 가치 있고 의미 있는 일이었나요?

✦ 오늘 글쓰기한 소감을 간략하게 적어보세요.

→

4일 연속 글쓰기:
셋째 날

약
22
분
쓰
기

○ 오늘은 트라우마 글쓰기 세 번째 날입니다. 세 번째 트라우마 글
쓰기를 앞둔 지금 당신의 상태는 어떤가요? 지금 느끼는 감정과 신
체감각을 간단하게 메모해보세요. 1분입니다.

○ 오늘도 역시 어제 쓴 것과 같은 사건을 반복해서 다룰 수 있고 또
다른 심리적 외상을 써볼 수도 있습니다. 중요한 것은, 같은 사건을
쓰더라도 지난 이틀 동안 썼던 내용을 반복하지 않는 것입니다. 다
른 관점으로 바라보고 다른 차원에서 탐구해보세요. 특히 오늘 글
을 쓸 때는 상처 입기 쉬운 민감한 측면에 대해 깊이 있게 성찰해보
세요. 시간은 20분입니다.
만약 오늘 트라우마 글쓰기가 부담스럽다면 포기해도 됩니다. 자신
의 상태를 잘 관찰해서 글쓰기를 결정하세요.

○ 글을 다 썼다면 아래의 질문에 답하세요.

　　✦ 당신의 가장 깊은 내면의 생각과 감정들을 어느 정도 표현했나요?

　　✦ 당신이 현재 느끼는 슬픔이나 분노는 어느 정도인가요?

　　✦ 당신이 현재 느끼는 행복감은 어느 정도인가요?

　　✦ 오늘의 글쓰기가 어느 정도로 당신에게 가치 있고 의미 있는 일이었나요?

　　✦ 오늘 글쓰기한 소감을 간략하게 적어보세요.

→

067. 4일 연속 글쓰기: 넷째 날

약 22분 쓰기

○ 드디어 트라우마 글쓰기 마지막 날입니다. 페니베이커의 글로 오늘의 글쓰기 지침을 대신하겠습니다.

> "오늘은 잠시 한발 뒤로 물러나 당신이 그동안 털어놓았던 사건과 문제와 감정과 생각에 대해 성찰해보라. 글을 쓸 때 아직 직면하지 못했던 문제가 무엇이든 그것을 매듭짓도록 해보라. 이 시점에서 당신의 감정과 생각은 어떤가? 당신이 이 일로 인해 삶에서 무엇을 얻었고, 무엇을 잃었고, 무엇을 배웠는가? 과거의 고통스러운 사건이 미래의 당신의 생각과 행동을 어떻게 이끌 것인가?
>
> 글을 쓸 때, 이 고통스러운 감정적 경험들에 대해 당신 스스로에게 솔직해야 하며 진정으로 다 해방시켜 털어놓아라. 경험했던 모든 것들을 의미 있는 이야기로 마무리할 수 있게 최선을 다하라."

당신의 노고에 뜨거운 박수를 보냅니다. 이제 트라우마 글쓰기 마지막 20분입니다.

○ 글을 다 썼다면 아래의 질문에 답하세요.

✦ 당신의 가장 깊은 내면의 생각과 감정들을 어느 정도 표현했나요?

✦ 당신이 현재 느끼는 슬픔이나 분노는 어느 정도인가요?

✦ 당신이 현재 느끼는 행복감은 어느 정도인가요?

✦ 오늘의 글쓰기가 어느 정도로 당신에게 가치 있고 의미 있는 일이었나요?

✦ 오늘 글쓰기한 소감을 간략하게 적어보세요.

→

'이렇게 힘든 일을 왜 글로 써야 하는 거야?' 하는 회의가 느껴질 수 있습니다. 페니베이커는 《글쓰기 치료》(학지사, 2007)와 《털어놓기와 건강》(학지사, 1999) 등에서 다수의 연구 결과를 소개하면서 이렇게 주장합니다. 자신이 겪은 트라우마를 글로 써본 사람이 그렇지 않은 사람보다 이후 삶에서 사회적으로 더 잘 적응하고, 신체적으로도 건강하다고 말이지요.

다만 트라우마를 글로 쓸 때는 자신의 마음을 잘 살펴야 합니다. 충격에 압도당할 것 같은 불편감을 느낀다면 당장 글쓰기를 중지해야 합니다.

마음의 준비가 된 후에 해도 늦지 않습니다. 자신을 충분히 기다려주세요.

068. 3인칭으로 쓰기

○ 여전히 글로 쓰기 어려운 경험이 있습니까? 그렇다면 그 경험의 주인공(당신)을 3인칭으로 묘사해서 기록해보세요. 심리적 외상이 된 '나'의 경험을 '그'나 '그녀'의 경험으로 묘사하는 겁니다. 어린 시절의 일을 글로 쓴다면 '나는 그 자리에서 울어버렸다'라고 하지 않고, '그 아이는 그 자리에서 울어버렸다'라고 쓰는 것이지요. 당시의 나에게 별칭을 하나 만들어서 불러도 됩니다.

어떤 사건과 감정적으로 강하게 얽혀 있어서 아직도 고통을 많이 느낀다면 글의 주인공인 당신을 3인칭으로 묘사해 써보세요. 그 사건에 좀 더 거리를 두고 지켜볼 수 있게 됩니다. 자 이제 시작해보세요. 시간은 15분입니다.

→

069.   제3자 관점에서 쓰기

○ 이번에는 당신이 경험한 일을 현장에 함께 있었던 제3자의 관점에서 서술해볼 겁니다. '인생 그래프(048, 049)'의 경험 목록에서 하나를 선택해도 좋고, 최근에 겪은 어떤 갈등 상황을 글로 써봐도 좋습니다. 중요한 것은 당신의 관점이 아니라 그 상황에 같이 있었던 다른 사람의 관점에서 이 사건을 묘사해보는 겁니다.
그곳에는 어떤 사람들이 함께 있었나요? 가족 중 누군가였거나 직장동료, 친구, 혹은 길 가던 행인이 그 자리의 목격자였을 수도 있습니다. 그중 한 사람을 선택해 그 사람의 관점에서 당신이 경험한 일을 글로 묘사해보세요. 시간은 10분입니다.

○ 이 사건과 관련된 또 다른 사람이 있었다면 역시 그의 관점에서도 써보세요. 5분입니다.

○ 만약 제3자가 없었다면 동물이나 무생물의 관점에서 생각해보는 것도 좋습니다. 그 당시에 강아지가 함께 있었을 수도 있고, 그조차 없었다면 시계나 텔레비전, 책상, 노트 등 사물의 관점에서 그 상황을 묘사해보세요. 5분입니다.

→

마무리
글쓰기 | 글쓰기를 하면서 새롭게 알게 된 것은 무엇입니까? / 지금 당신의 기분은 어떤가요?
어떤 감정을 느끼나요? / 글쓰기를 마친 자신을 위로하고 칭찬해주세요.

070. 전지적 작가 시점에서 쓰기

○ 이제까지 작업한 글 중에서 하나를 골라 이번에는 전지적 작가 시점에서 다시 써보세요. 그 작가는 이 모든 상황을 다 꿰뚫고 있으며 지혜로운 사람입니다. 그가 이 사건을 어떻게 설명하는지 당신과 상대를 어떻게 깊이 있게 묘사하는지, 이 사건에 어떤 의미가 있다고 보는지, 이 문제는 장차 어떻게 될 것이라고 보는지 당신이 그 작가가 되어 글을 써보세요. 시간은 15분입니다.

○ 전지적 작가가 글쓰기를 마친 뒤에 다음과 같은 한 문장으로 글을 요약해보세요.

✦ 지금까지 전지적 작가가 한 말은 _____ 에 관한 이야기다.

→

071. 경험 바꾸기

○ 과거에 순진해서 또는 무력해서 겪어야 했던 억울한 경험이 있나요? 아래 예시처럼 목록으로 정리해보세요. '062 불쾌한 경험 쓰기'이나 '063 트라우마 쓰기'의 내용과 중복돼도 괜찮습니다.

- 엄마가 내 앞에서 우는 게 정말 싫었다.
- 아버지는 내가 자신의 돈을 훔쳤다며 뺨을 때렸다.
- 언니는 내가 용돈을 모아 산 이어폰을 가져간 뒤 돌려주지 않았다.
- 국어 선생님은 내가 쓴 글이 어른을 흉내냈다고 비난했다.
- 하굣길에 뒤를 따라온 친구들이 내 외모를 놀리며 괴롭혔다.

○ 위의 목록 중에서 하나를 골라 당신이 기억하는 것과 다른 방향으로 이야기를 전개해보세요. 당신이 할 수 있는 상상력을 모두 동원해서 억울했던 그 장면을 만족스럽게 바꿔보는 거예요. 위 목록에서 두 번째 항목의 기억을 수정한 한 참여자의 글을 일부 소개하면 다음과 같습니다.

성인이 된 내가 과거의 어린 나 옆에 서 있다. 성인의 나는 아버지가 뺨을 때리려고 든 손을 힘주어 붙잡았다. 그리고 그의 눈을 쳐다보며 이렇게 말했다. "난 훔치지 않았어요. 훔치지 않았다고 몇 번이나 말했는데 아빠는 내 말을 믿지 않고 자기 확신에 차서 나를 때리려고 하는군요. 그렇게 하면 어린 내

가 얼마나 놀라고 억울하겠어요. 아버지라면 자식의 말을 믿어야 하는 것
아닌가요?"

자, 이제 당신도 시작하세요. 사건의 앞부분을 쓴 뒤 당신이 원하는
상황으로 이야기를 전개해보세요. 시간은 10분입니다.

→

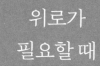

위로가
필요할 때

PART 7

사랑을 충분히 받아본 사람이
다른 사람을 사랑할 수 있다고 하지요.
저도 그 말에 동의합니다.
사랑받아본 사람이 사랑을 줄 수 있듯이,
위로와 격려를 받아본 사람이 타인을
위로하고 격려할 줄도 아는 것 같습니다.
그렇다면 사랑받거나 위로받을 기회가
없었던 사람은 어떻게 해야 할까요?
사랑과 위로에 익숙하지 않은 사람들,
진정한 사랑이나 품격 있는 위로의 말을
들어본 적 없는 우리는
어떻게 사랑과 위로를 배울까요?

어린 시절 사랑과 위로의 모범을 어른들에게서 배우지 못한 우리는 성인이 되어 자신을 사랑하는 법, 위로하는 법을 배워야 합니다. 부모에게서 간절히 듣고 싶었던 말을 서툴게나마 나 자신에게 반복해 시도하면서 말이지요. 내가 나를 위로하고 지지하는 것, 내가 원하는 위로와 지지의 언어를 찾아내는 것, 그것이 사실은 치유의 과정입니다.

성인기의 심리적인 어려움은 결국 나 자신과의 관계, 그리고 자신에 대한 태도에서 발생합니다. 내가 나에 대해 지지적이고 우호적일 때 심리적 문제는 대부분 해결되지요. 그러니 자신을 위로하고 격려하고 지지하는 방법을 찾아내 반복해서 훈련해보세요. 당신이 진심으로 듣고 싶었던 위로와 격려의 말을 찾아내세요.

이 파트에서는 자기 자신에 대한 위로의 글쓰기를 다양한 방법으로 시도합니다. 자기 비판이 자신을 성장시켜줄 것으로 생각했던 분들에게는 낯간지럽게 느껴질 수도 있을 겁니다. 하지만 그렇게 우리가 우리 내면과 따뜻한 관계를 맺을 때 세상에 나가서도 좋은 관계를 맺게 됩니다. 더 나아가 사랑이 필요한 누군가에게 진짜 힘이 되는 위로와 지지를 건넬 수 있겠지요. 나 자신과 타인을 향해 따뜻하고 지지적인 나, 그보다 멋진 일이 있을까요?

위로의

글쓰기

072. 나와의 관계

○ 당신은 자신에게 어떤 사람입니까? 평소에 어떻게 대하나요? 친밀한 사람, 지지하는 사람, 경청하는 사람, 엄격한 훈육가, 무심한 사람, 비난하는 사람, 명령하는 사람 등등 다음의 빈칸에 표현해보세요.

◆ 나는 나 자신을 _____ 처럼 대한다.

그렇게 하는 이유는 _____ 때문이다.

○ 완성한 위의 문장을 주제로 글을 써주세요. 시간은 7분입니다.

→

073. 오늘 듣고 싶은 위로의 말

○ 오늘은 어떤 하루를 보냈나요? 지금 당신이 듣고 싶은 위로의 말은 무엇입니까? 수고했어, 괜찮아, 너를 안아주고 싶어, 가여워 등 그 무엇이라도 좋으니 자신에게 해주세요. 그리고 글로도 표현해보세요. 시간은 5분입니다.

→

074. 내 편 되어주기

○ 오늘 누군가와 언짢은 일이 있었나요? 상사에게 듣고 싶지 않은 지적을 받았나요? 누군가가 한없이 밉고 원망스러울 때 내 하소연을 듣고 이유 불문 내 편이 되어줄 사람이 한 명쯤 있다면 참 좋겠지요?

"뭐라고?" "뭐, 그따위 인간이 다 있어?" "누구한테 감히 함부로 말하는 거야. 어유 분통 터져. 가서 한 대 패주고 싶어지네." 이렇게 말하면서 당신보다 더 흥분해서 상대를 욕해줄 사람 말입니다. 그리고 그가 이렇게 물어봐 준다면 금상첨화일 겁니다.

"그래서 지금 네 마음은 어때? 얼마나 속상했니?"

이제 당신이 자신의 편이 되어 오늘 있었던 일에 대해 실컷 화를 내주세요. 당신을 힘들게 한 누군가를 향해 평소보다 더 과장되게 욕하고 분통을 터뜨려도 됩니다. 시간은 7분입니다.

○ 오늘 당신 마음이 어땠는지, 지금은 어떻게 달라졌는지 글로 써보세요. 시간은 5분입니다.

→

075. 지금도 후회하는 그때 그 순간

○ 생각할 때마다 후회가 밀려오는 당신의 잘못, 실수, 과오가 있습니까? 자신이 너무 형편없고 못나 보인다고 느꼈던 적 있나요? 그때의 상황을 써보세요. 시간은 5분입니다.

○ 위로의 위대한 힘은 가장 못난 모습일 때의 나를 있는 그대로 수용할 때 발휘됩니다. 너는 이럴 사람이 아니라든지, 더 나은 사람이 될 수 있다는 식의 우회적인 충고는 하지 마세요. 그 모습 그대로 괜찮다고, 최선을 다했다는 사실을 안다고, 자책으로 힘들었던 너를 위로한다고 스스로에게 말해보세요. 그럴 때 우리는 진정으로 사랑과 인정을 받는다고 확신하게 되고, 삶을 새로 시작할 용기를 얻게 됩니다.

'어떤 모습이어도 괜찮아', '너를 있는 그대로 인정할 거야'라는 문장을 넣어 글을 써보세요. 자신의 가장 초라하고 못난 모습 그 자체로, 있는 그대로 당신을 위로해주세요. 시간은 5분입니다.

→

076. 나에게 사과하기

약 15분 쓰기

○ 농담이었든 진담이었든 습관적으로 자기 자신에게 했던 비난의 말이 있습니까? 뚱땡이, 못생겼어, 살쪘어, 난 왜 이렇게 머리가 나쁘지? 한심해, 바보 같아, 멍청해, 내가 하는 일이 그렇지 뭐 등은 제가 자신에게 했던 말이었습니다. 여러분도 자신에게 했던 거친 말, 냉소적인 말, 셀프디스를 모두 적어보세요.

○ 농담이었다고 해도 듣는 처지에서는 눈에 보이지 않게 상처 입습니다. 마음은 그만큼 민감하고 여린 부분입니다. 대부분의 사람이 타인에게는 예의 바르게 행동하고, 약간의 말실수에도 미안해하면서 자신은 함부로 대합니다. 자기 자신에게 함부로 했던 것에 대해 사과의 편지를 써보세요. 시간은 7분입니다.

○ 편지를 받은 당신의 내면이 당신에게 답장을 보냈습니다. 답장의 글을 써보세요. 시간은 5분입니다.

→

077. 다짜고짜 위로하기

○ 요즘 유난히 마음이 부대낀다면, 또는 신체적으로 소진되었다면 그런 자신에게 위로의 편지를 써보세요. 어떤 충고도 판단도 사절입니다. 왜 그렇지? 원인이 뭐지? 등 분석하는 태도도 허락하지 마세요. 인간은 고통을 겪는다는 것 자체로 참 안쓰러운 존재입니다. 요즘 너 참 힘들겠다, 얼마나 힘드니, 네가 참 안쓰럽다, 애쓰고 있지?, 너를 깊게 안아주고 싶어, 토닥토닥… 이런 내용이면 충분합니다. 시간은 5분입니다.

→

078. 두려움에 떨던 나

○ 쫄지 말았어야 했는데 잔뜩 겁에 질려서 꼼짝도 못 했던 기억이 있나요? 할 말은 해야 했는데 이유를 알 수 없이 얼어붙어 무력했던 기억은요? 두려움에 맞설 힘이 절대적으로 부족했던 과거의 어떤 장면은요? 기억나는 한 장면을 글로 써보세요. 5분입니다.

○ 당시의 나를 안심시켜 주고, 가장 필요한 위로와 지지, 격려의 말을 글로 써주세요. 3분입니다.

→

079. 무슨 일이 있어도
너를 떠나지 않을 거야

○ 인간의 가장 최초, 그리고 근원적인 두려움은 버림받음 또는 단절에 관한 것이라고 합니다. 우리가 불행할 때, 잘못했을 때 자책감보다 더 아픈 감정은 이 세상에서 내가 버려지고 제외될지도 모른다는 두려움, 가장 사랑하는 존재(부모나 그 밖의 양육자)와 단절될지도 모른다는 공포입니다. 당신도 경험해본 적 있을 거예요.

그래서인지 크고 작은 어려움을 겪을 때마다 우리는 필사적인 심정이 되곤 합니다. 낙오되지 않으려고, 거절당하지 않으려고 말입니다.

오늘은 당신 자신을 위해 '무슨 일이 있어도 나는 너를 떠나지 않을 거야'라는 제목으로 글을 써보세요. 시간은 7분입니다.

→

080. 아름다운 이별

○ 우리에겐 떠나보내고 싶은 것들이 정말 많습니다. 의미 없는 관계를 끝내지 못하는 미련을 버리고 싶어, 어지럽게 쌓인 방 물건을 모두 정리하고 싶어, 보지 않는 책들을 버리고 싶어, 그에 대한 생각에서 그만 벗어나고 싶어…. 그밖에도 폭식 습관, 게으름, 우울증, 버럭하는 성격 등 떠나보내고 싶어 하는 목록은 끝도 없습니다.

떠나보낼 때도 따뜻한 위로가 필요합니다. 잘 떠나보내기 위해서 두 가지 마음의 태도를 숙지하세요. 첫째, 당신이 떠나보내고 싶어 하는 것이 그동안 당신 인생에 어떻게 도움이 됐는지 그간의 역할과 존재 의미를 인정해줘야 합니다. 둘째, 이제는 그것이 더 이상 필요하지 않게 됐음을 친절하게 설명하고, 감사한 마음을 전해주세요. 아래의 글이 그 예입니다.

내가 떠나보내고 싶은 것은 억울함이다. 나는 배우자가 공평하게 집안일을 나누지 않는다는 사실에 늘 분개했다. 내가 그의 이야기를 들어주는 만큼 내 얘기에 귀 기울이지 않는 것 같아서, 나를 무시하는 것 같아서 늘 억울했다. 친구에게도 그랬다. 내가 더 노력하는 것 같아서, 맨날 친구의 눈치를 보고 비위를 맞춰주는 것 같아서 속상했다.

억울함이 내게 도움이 된 점은, 내가 사랑받고 싶어 하는 간절한 욕구가 있다는 사실을 알려줬다는 거다. 내가 그토록 억울했던 건 내가 피해를 보고 있어서가 아니라 사랑받지 못한다는 생각 때문이었다. 그만큼 나는 친한 사람들에게 사랑받고 싶었다.

<u>그러나 이제 나는</u> 억울한 감정 밑에 있던 사랑받고 싶은 욕구를 알게 됐다. 나는 사람들에게 억울하다고 원망하고 화내는 대신 웃는 얼굴로 그들과 친밀해지고 싶다. 그들이 진정으로 나를 좋아하게 만들고 싶다.

<u>떠나는 그에게 이렇게 감사의 말을 전한다.</u> 그토록 끈질겼던 억울한 감정이 있어서 결국은 나 자신을 성찰하게 됐다. 어쩌면 그는 이미 날 떠나고 싶었는지도 모른다. 내가 그를 붙잡고 있었던 건지도….

○ 자, 오늘 당신이 떠나보내고 싶은 것은 무엇입니까? 다음의 문구를 넣어 글을 완성해보세요. 15분입니다.

✦ 내가 오늘 떠나보내고 싶은 것은

✦ 그것이 내게 도움이 된 점은

✦ 그러나 이제 나는

✦ 떠나는 그에게 이렇게 감사의 말을 전한다.

→

081.   모두를 위한 자애명상

12분 쓰기

○ 역사 이래 영적인 스승들은 타인에게 사랑을 베푸는 것이 가장 큰 자기 자비 또는 자기 사랑이라고 반복해서 말합니다. 불교도 예외가 아닙니다. 불교의 자애명상은 자신을 비롯해 이 세상 모든 만물이 행복하고 평화롭기를 기원하는 명상법입니다. 이 명상이 서구적 심리 치료에도 효과가 있다는 사실은 널리 알려져 있습니다.
아랫글은 수많은 자애명상 기도문 중의 하나입니다. 자애명상문은 자신의 행복을 기원하는 것에서 시작해서 사랑하는 사람들, 그리고 나와 관계없거나 싫어했던 사람들, 더 나아가 이 세상 모든 존재의 행복을 기원합니다. 글을 필사해보세요. 여러 번 반복해 써도 좋습니다.

내가 고통에서 벗어나 안전하기를
내가 행복하고 건강하기를
내가 평온하기를

부모님이 고통에서 벗어나 안전하기를
부모님이 행복하고 건강하기를
부모님이 평온하기를

가족이 고통에서 벗어나 안전하기를
그들이 행복하고 건강하기를
그들이 평온하기를

친구들이 고통에서 벗어나 안전하기를
그들이 행복하고 건강하기를
그들이 평온하기를

내가 모르는 사람들이 고통에서 벗어나 안전하기를
그들이 행복하고 건강하기를
그들이 평온하기를

내가 싫어하는 모든 사람이 고통에서 벗어나 안전하기를
그들이 행복하고 건강하기를
그들이 평온하기를

모든 살아 있는 존재가 고통에서 벗어나 안전하기를
그들이 행복하고 건강하기를
그들이 평온하기를

○ 이제 당신의 기원을 담은 자애명상 글을 써보세요. 위에 제시된 자애명상문을 참고하되 그보다 간략하게 만들어보세요. 시간은 5분입니다.

○ 나만의 자애명상문을 완성했다면 나직하게 소리 내 읽어보세요.

→

마무리 글쓰기를 하면서 새롭게 알게 된 것은 무엇입니까? / 지금 당신의 기분은 어떤가요?
글쓰기 어떤 감정을 느끼나요? / 글쓰기를 마친 자신을 위로하고 칭찬해주세요.

내 경험과
거리두기가 필요할 때

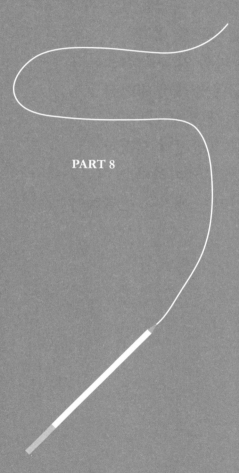

PART 8

당신이 어느 날 갑자기 우울해져서
모든 걸 때려치우고 싶다 하더라도,
그 감정이 현실에서 일어나는
진짜 사건이 아님을 알아야 합니다.
직장에 사표를 내고,
친구들과의 약속을 취소하고,
자신을 우울하게 내버려 둔
연인을 탓할 게 아니라
우울해진 당신의 감정과
모든 게 무의미하다고 머릿속에서
중얼거리는 생각을 관찰해야 합니다.

당신의 내면에서 일어난 우울한 감정에서 살짝 뒤로 물러나 그것이 어떻게 느껴지는지 알아차려보세요. '내가 우울한 감정을 느끼네' '우울해지니 모든 게 무의미하게 느껴지고 사람들을 원망하게 되네'라고 말입니다. 그것이 바로 '심리적 거리두기'입니다.

이제까지의 삶의 패턴에서 벗어나고 싶다면, 격렬한 감정과 혼란스러운 생각을 적절하게 통제하고 싶다면 먼저 그것들과 거리를 두고 가만히 관찰하세요. 어느 지점에서 번번이 패턴에 말려드는지, 무엇이 도화선이 되어 감정과 생각에 불을 붙이는지 알게 될 겁니다.

심리적 거리두기란 심리학에서 자주 거론하는 '탈동일시'의 다른 말입니다. 탈동일시는 고질적인 자신의 심리적인 문제에서 벗어나 일정 거리를 유지하는 것입니다. 이게 가능해지면 심리적인 문제의 많은 부분이 해결되니 정말 중요한 개념이지요. 거리두기와 함께 중요한 것은 세밀하게 알아차리는 것입니다. 나의 감정 상태와 감각과 생각의 일어나고 사라짐을 가능한 한 중단 없이 면밀하게 관찰하고 느껴보세요. 마음과 몸에서 일어나는 강렬한 자극뿐 아니라 미세한 감각까지 알아차리는 훈련을 하는 겁니다.

구체적으로 알아차리는 것의 미덕은 수없이 많지만 여기서는 딱 두 가지만 간략하게 이야기해보겠습니다. 하나는 생각과 감정에 휩싸여 붕 떠 있는 당신을 안정시키고 현실감각을 되찾아줍니다. 또 하나는 내가 몰랐던 내 모습을 발견하게 해줍니다.

이 파트에서는 탈동일시를 가능하게 하는 글쓰기 기법을 소개하고자 합니다. 불교 명상법인 마음챙김이나 인지행동치료와 수용전념치료(ACT)를 기반으로 한 글쓰기입니다.

심리적

거리두기

생각 관찰

082. 10년 후에

○ 요즘의 고민은 무엇입니까? 다음의 예시를 보고 10개 이내로 목록을 정리해보세요.

- 운동을 차일피일 미루고 있다.
- 타인의 감정에 지나치게 호응하지 않았으면 좋겠다.
- 친하지 않은 친구가 돈을 꿔달라고 하는데 어떻게 해야 할지 모르겠다.

○ 위의 고민 목록 중에서 하나를 골라 떠오르는 대로 자유롭게 써보세요. 15분입니다.

○ 위의 글을 쓴 뒤 어느새 10년의 세월이 흘렀습니다. 어느 날 먼지 쌓인 정리함에서 10년 전에 쓴 당신의 고민이 담긴 글을 발견했습니다. 10년 후의 당신은 이 글을 읽고 어떤 느낌일까요? 10년 후의 당신의 심정으로 10년 전 글에 대한 후기를 써보세요. 시간은 5분입니다.

→

083. 알아차림 글쓰기: 생각

17분 쓰기

○ 생각이 많아져서 심란할 땐 그것과 맞서 싸우지 말고 자신이 어떤 생각을 하고 있는지 목록으로 정리하면서 알아차려보세요. 다음에 제시한 예처럼 '~을 알아차린다'로 끝나는 문장으로 작성하세요. '알아차린다'고 말하는 순간 경험한 것과의 거리두기가 가능해집니다. 같은 생각을 또 알아차렸다면 몇 번이고 반복해서 써도 좋습니다. 7분 동안 계속하세요.

- 목록 쓰기, 별로 좋아하는 글쓰기가 아니라는 사실을 알아차린다.
- 오늘 그가 나를 짜증나게 했다고 생각하는 것을 알아차린다.
- 아무래도 그와 헤어져야 할 것 같다는 생각을 알아차린다.
- 얼마 전에도 그가 약속한 시각에 연락하지 않아서 다툰 사실이 떠오른 것을 알아차린다.
- 노트의 남은 페이지가 얼마 남지 않았다는 사실을 알아차린다.

○ 작성한 목록에서 가장 많이 등장하는 이야기는 무엇입니까? 그에 대해 10분간 자유롭게 쓰세요.

→

 마무리 글쓰기 │ 글쓰기를 하면서 새롭게 알게 된 것은 무엇입니까? / 지금 당신의 기분은 어떤가요? 어떤 감정을 느끼나요? / 글쓰기를 마친 자신을 위로하고 칭찬해주세요.

084. 알아차림 글쓰기: 감정

약 10분 쓰기

○ 지금 당신이 느끼는 감정은 무엇인가요? 어떤 감정인지 구체적이지 않다면 아래에서 골라보세요.

감동 걱정 고마움 괴로움 귀찮음 기대 긴장 놀람 답답함 두려움
당황스러움 막막함 만족감 망설임 무서움 미안함 미움 부담감
부러움 분노 불안 비참함 뿌듯함 사랑스러움 서러움 설렘 서운함
수치감 슬픔 신남 실망 심심함 불쾌감 쑥스러움 쓸쓸함 아쉬움
안도감 안타까움 얄미움 어색함 억울함 우울 외로움 원망 즐거움
황당함 자랑스러움 자신만만 지겨움 짜증 편안함 행복감 허전함
혼란스러움 화남 후회 흥분

○ 당신이 느끼는 감정의 정도를 점수로 매긴다면 1~10 중에서 몇 점입니까?

○ 다음 목록은 '걱정'이라는 감정을 중심으로 작성한 예입니다. 당신도 자신이 느끼는 감정과 관련해서 경험하는 모든 생각과 감각을 목록으로 만들어보세요. 옆의 예처럼 목록의 모든 문장을 '~을 알아차린다'로 끝내세요. 7분 동안 정리하세요.

- 갑자기 걱정이 밀려왔음을 알아차린다.
- '내가 준비하는 게 맞나' 하는 의심이 생겼다는 사실을 알아차린다.
- 친구들과 교수님이 내 발표를 듣고 한심해하는 장면이 떠올랐다는 것을 알아차린다.
- 가슴이 답답해지는 것을 알아차린다.
- 내 얼굴이 굳는 것을 알아차린다.
- 다 때려치우고 싶은 기분이 느껴지는 것을 알아차린다.

○ 과거에 경험했던 다른 감정에 대해서도 위와 같이 글쓰기를 해 보면 좋습니다.

→

085. 알아차림 글쓰기: 신체감각

약 5분 쓰기

○ 몸에서 어떤 감각이 느껴지는지 '~을 알아차린다'로 끝나는 문장으로 기록해보세요. 글쓰기를 멈추고 잠시 몸의 느낌을 느껴본 뒤 글로 써도 좋고, 글을 쓰면서 느껴지는 몸의 감각을 기록해도 좋습니다. 아래의 예시는 글을 쓰면서 느끼는 몸의 감각을 기록한 것입니다. 5분 동안 써보세요.

오른 팔꿈치가 책상에 닿는 느낌을 알아차린다. 펜을 잡은 오른손에 힘이 들어가 있고 손바닥이 약간 촉촉하게 땀이 배어 있음을 알아차린다. 엄지손가락에 약간의 통증이 느껴짐을 알아차린다. 노트 모서리를 잡은 왼손에 힘이 들어가 있음을 알아차린다. 가슴에 긴장감이 느껴짐을 알아차린다. 긴장감을 알아차리면서 한숨을 내쉬고 있음을 알아차린다. 발 받침대에 닿은 발바닥 느낌을 알아차린다. 시원한 기운이 발바닥에서 느껴짐을 알아차린다. 왼쪽 어깨가 아프다는 사실을 알아차린다.

→

086. 알아차림 글쓰기: 생각, 감정, 감각

10분쓰기

○ 이제까지는 생각, 감정, 감각을 각각 글로 옮겼습니다. 오늘은 생각과 감정, 감각을 동시에 알아차리면서 글을 써보세요. 사실 이 세 가지는 연쇄적으로 일어나는 경우가 많아서 하나만 분리해서 보기가 쉽지 않을 거예요. 글의 주제는 무엇이어도 좋습니다. 쓰고 싶은 주제로 자유롭게 쓰되 생각과 함께 경험하는 감정, 신체감각을 모두 써보세요.

이번에도 '~을 알아차린다'로 끝나는 글을 쓰세요. 당신은 며칠 동안 알아차림 글쓰기를 통해 생각이나 감정에 빠지지 않고, 그것을 알아차리는 훈련을 하고 있다는 사실을 잊지 마세요. 10분 동안 글을 쓰세요.

→

087.　알아차림 글쓰기:
언제나 알아차리기

○ 이제부터는 문장 끝에 '~을 알아차린다'를 넣지 않고 자유롭게 글을 쓰세요. 쓰고 싶은 주제로 자유롭게 쓰되, 글을 쓰면서 경험하는 것들을 알아차리는 마음의 태도만큼은 늘 유지하세요.
내가 이런 생각을 하고 있구나, 이런 감정을 느꼈네, 원하는 게 이거였구나, 이 대목을 쓸 때는 가슴에서 열기가 느껴지네, 손에 땀이 나는구나 하면서 말이지요. 이렇게 알아차린 감정과 감각을 노트 여백에 간단히 메모해 두어도 좋습니다. 10분 동안 떠오르는 대로 자유롭게, 그러나 알아차림을 유지하면서 글을 써보세요.

→

알아차림이란 내가 무슨 생각을 하는지, 어떤 감정을 느끼는지 아는 것입니다. '정말 화가 나' 하는 데서 머물지 않고, '내가 굉장히 화가 나 있네'라고 볼 수 있는 사고 능력이지요. 생각과 감정의 파도가 잠잠해진 뒤엔 내가 느끼는 생각과 감정의 원인이 무엇인지, 그 생각이 합리적인지 왜곡돼 있는지 살펴보고 판단할 수 있는 능력이기도 합니다.

원래 알아차림은 서구 심리학이 불교의 명상법에서 가져온 것인데, 요즘엔 '메타인지'로 새롭게 부각되고 있어요. 메타인지란 자신의 인지 과정을 아는 것, 다시 말해 자기 생각에 대해 생각할 수 있는 능력을 말합니다. 메타인지가 발달한 사람이 학습 능력이 뛰어나다는 연구 결과는 아주 잘 알려져 있지요. 인간의 의식을 성장시키는 데도 이 능력이 결정적이라는 것은 두말할 필요가 없습니다. 무엇보다 '훈련'을 통해서 메타인지가 발달할 수 있다고 합니다. 이 파트에 제시한 글을 반복해 훈련함으로써 알아차림, 그리고 메타인지 능력을 키워보세요.

알아차림 글쓰기 클리닉:
         산만할 때

약
12
분
쓰기

○ 글을 쓰려고 책상 앞에 앉았는데 자꾸 마음이 흩어져 글쓰기를 시작할 수 없다면 당신의 마음을 가만히 살펴보세요. 지금 어떤 상태입니까? 당신의 상태를 글로 묘사해보세요. 앞에서 연습한 대로 '~을 알아차린다'로 끝나는 문장을 써도 좋습니다. 시간은 3분입니다.

○ 마음이 산만하다는 사실을 알아차렸다면 지금 당신의 머릿속을 채우고 있는 생각의 목록을 만들어보세요. 산만한 마음을 정리할 때 가장 좋은 글쓰기 방법이 목록 쓰기입니다. 아래 예시 문장을 참고하세요.

- 내일 통화하기 싫은 할아버지에게 안부 전화를 해야 한다.
- 기말고사가 얼마 남지 않았는데 공부를 많이 못 했다. 계획한 대로 시험 준비를 할 수 있을까?
- 정현이가 오늘 한 말 완전 짜증난다. 내일 뭐라고 해주지?

○ 목록을 완성했다면 가장 마음이 쓰이는 문장을 골라 그에 대해 써보세요. 시간은 5분입니다.

→

089. 알아차림 글쓰기 클리닉: 집중이 깨졌을 때

○ 글을 쓰던 손이 잠시 멈춰 막막한 심정이 되어본 적 있나요? '가만있자, 내가 지금 뭘 쓰고 있었지? 뭘 더 써야 하더라' 하고 있다면 아마 다른 생각이 들어와 집중이 깨진 상태일 겁니다. 그조차 알아차리고 글로 옮기세요. '앗, 잠시 생각이 끊기고 멍해졌다. 나는 펜을 만지작거린다' 하면서요. 그리고 다시 쓰던 주제로 돌아가세요. 자, 오늘도 알아차리면서 글을 써보세요. 어제보다 좀더 긴 시간 동안 자기 생각과 감정과 감각을 알아차리면서 글을 써보세요. 시간은 15분입니다.

→

090. 알아차림 글쓰기 클리닉: 감정이 반응할 때

○ 글을 쓸 때 우리는 몸과 마음에서 쉴 새 없이 일어나는 여러 감정과 감각을 경험합니다. 가슴이 뭉클해지거나 슬픔, 충만감, 아하! 하는 느낌 등은 글이 제 길을 잘 찾아가고 있음을 알려주는 신호입니다. 지금 쓰는 내용에 좀 더 머물러 글을 더 써보라고 이야기해주는 것이기도 하고요. 한마디로 전 존재가 내면 성찰을 위해 협업하는 상태입니다.

오늘도 감정과 감각, 생각을 알아차리며 글쓰기를 해보세요. 시간은 20분입니다. 글을 쓰다가 감정이 반응하는 대목에 이르면 그 부분에 대한 글을 좀 더 써보세요. '아하' 하는 통찰이 일어날 것입니다.

→

091. 내면의 비판자
알아차리기

13
분
쓰
기

○ 내면의 비판자가 날을 세워 당신을 비난할 때, 즉 내면의 비판자가 활성화됐을 때 당신의 모습은 어떻게 바뀌나요? 이를테면 다음과 같이 경험할 수 있습니다. 위축되고 불안하다, 어깨가 굳고 움츠러든다, 숨을 죽인다, 심한 죄책감을 느낀다, 수치스럽다, 몸을 꼼짝할 수 없다, 마음이 우울해진다, 평소와 다르게 타인의 작은 지적에도 깊게 상처 입는다, 가까운 사람들에게 화가 난다 등등. 당신은 어떤가요? 목록으로 써보세요. 시간은 10분입니다.

○ 비판자에게 비난받았던 나에게 위로의 말을 건네주세요. 3분입니다.

→

3인칭 시점:
관찰하듯 쓰기

15
분
쓰
기

○ 자신이 경험한 것에 대해 마치 제3자를 관찰하듯 글을 써보세요. 글을 쓸 때 '나'라고 하지 말고 '그'나 '그녀'라고 써보세요. '그는 요즘 계속 화가 난 상태다. 그의 남편이 며칠 전 한 행동 때문이다' 라는 식으로 말입니다.

일상적인 일에서도 이 글쓰기를 시도할 수 있지만 강렬한 감정으로 시달릴 때 이 기법을 사용하면 좋습니다. 글로 쓰고 싶은 내용을 정해서 15분 동안 써보세요.

→

마무리 글쓰기를 하면서 새롭게 알게 된 것은 무엇입니까? / 지금 당신의 기분은 어떤가요?
글쓰기 어떤 감정을 느끼나요? / 글쓰기를 마친 자신을 위로하고 칭찬해주세요.

093.   3인칭 시점:
구체적으로 쓰기

○ 이번에도 당신 자신의 이야기를 3인칭으로 써보세요. 한 가지 더 추가할 것은 바로 '구체적으로 쓰기'입니다. 나의 이야기를 3인칭으로 묘사하되 3인칭 주인공의 행동이나 표정 등 세부사항을 구체적으로 묘사해보세요. 다음과 같이요. 시간은 15분입니다.

그는 오늘 마음이 너무 불편하다. 책상 앞에 앉아 휴대폰 화면을 빤히 바라보며 입술만 잘근잘근 씹고 있다. 친구 현정이가 보낸 메시지 때문이다. 마음이 불편하다고 했지만 더 솔직히 말하면 짜증이다. 언제까지 그녀의 하소연을 들어줘야 하나 갑갑하고 화가 난다. 도대체 난 언제까지 착한 척해야 하는 거야, 하면서 그녀는 한숨을 내쉰다. 명치끝이 뻐근해진다….

→

094. 거리두기: 생각과 감정 묘사하기

○ 하루에도 몇 번씩, 긴 시간 특정한 생각이나 감정에 자꾸 빠져들어 힘들 때가 있습니다. 혼자 감당하기 어려운 문제로 고민하거나 심리적인 충격을 받았기 때문일 것입니다. 당신의 고민을 자유롭게 글로 써보세요. 시간은 10분입니다.

○ 당신의 문제와 거리를 두기 위해 그것을 감각적으로 묘사해보세요. 5분 정도에 걸쳐 각각의 질문에 글쓰기로 답해보세요.

✦ 당신의 문제가 어떤 형태를 갖는다면 그것은 어떤 모양인가요?

✦ 이것은 어떤 색인가요?

✦ 이것의 크기는 얼마나 하나요?

✦ 힘의 강도는 어느 정도인가요?

✦ 이것에 속도가 있다면 얼마나 빠른가요?

✦ 표면의 질감은 어떤가요?

✦ 이 문제에 이름을 붙여보세요.

○ 당신이 감각적으로 상상한 그 문제에 대해 자유롭게 써보세요. 시간은 10분입니다.

○ 앞에서 10분 동안 쓴 글과 감각적으로 묘사한 뒤 쓴 글에 차이가 있나요? 어떤 차이가 있습니까? 간단하게 메모해주세요.

→

095. 거리두기:
지옥에서 걸려온 전화

○ 당신의 고민은 얼마나 심각한 것입니까? 습관적으로 고민을 붙잡고 우울해한다면 재미있는 설정을 가미해서 고민과 거리두기를 시도해보세요. 마음속에서 일어나는 부정적인 재잘거림을 지옥에서 걸려온 전화라고 상상하는 겁니다. 당신은 이 전화를 끊을 수 없습니다. 휴대폰 너머로 들려오는 소리라고 상상하면서 마음속에서 일어나는 생각을 받아 적어보세요.

지옥에서 걸려온 전화에서 어떤 말들이 들리나요? 지금부터 써보세요. 시간은 8분입니다.

삐리리리리……(전화벨 소리)

누구세요?

→

글쓰기를 하면서 새롭게 알게 된 것은 무엇입니까? / 지금 당신의 기분은 어떤가요?
어떤 감정을 느끼나요? / 글쓰기를 마친 자신을 위로하고 칭찬해주세요.

096. 거리두기:
내 버스에 올라탄 괴물

○ 수용전념치료(ACT)에서는 우리가 겪는 고통을 완전히 없애기 어렵다고 말합니다. 고통을 없애기 위해 애를 쓰면 쓸수록 더욱 강력해지기 때문이지요. 그래서 ACT는 고통과 함께 일상을 사는 법에 관해 이야기합니다. 다음의 상황을 상상해 글을 써보세요.

당신은 버스를 운전하는 기사입니다. 언제나처럼 예정된 목적지를 향해 운전합니다. 그런데 한 정류장에서 괴물이 버스에 올라탔습니다. 당신의 고통이 바로 그 괴물입니다. 그 버스에는 한 가지 규칙이 있는데, 버스에 누가 탔든 그를 쫓아낼 수 없다는 것입니다. 괴물의 명령에 따르거나 압도당해서 얼어붙지 않고, 무사히 목적지까지 가는 자신만의 방법에 대해 써보세요. 8분입니다.

→

097. 시점 확장하기

○ 당신은 지금부터 세 시점으로 글을 쓰게 될 것입니다. 아래의 그림과 같이요. 이 작업을 모두 마치고 나면 당신은 자신이 경험한 일을 좀 더 넓은 시야로 이해하게 될 거예요.

먼저 A 부분을 쓰세요. 요즘 겪었던 불편한 일이나 사건이 있나요? 그중 하나를 골라 어떤 일이 일어났는지, 어떤 생각과 감정을 경험했는지 구체적으로 써보세요. 별로 떠오르는 게 없다면 과거에 겪었지만 잊히지 않는 사건을 써도 좋습니다. 시간은 7분입니다.

B. A가 일어나기 바로 직전의 일

A. 내가 기억하는 불편한 일이나 사건

C. A가 일어난 직후의 일

○ 당신이 글로 묘사하기 시작한 A 시점 이전에도 그 일, 사건이 일어나기 위한 조건이 만들어지고 있었을 겁니다. 글로 묘사한 그 일이 있기 바로 직전에는 어떤 일들이 일어났는지 3분 동안 B 부분을 써보세요. 구체적인 사건과 당신의 마음을 모두 기록해보세요. 만약, 기억나는 게 없다면 무슨 일이 있었는지 유추하고 상상해보세요.

○ 이제 C 부분을 써볼 차례입니다. 당신이 묘사한 그 사건 이후는 어떻게 상황이 전개됐나요? 시간은 3분입니다.

○ 아래의 예시를 참고하세요.

B. A가 일어나기 바로 직전의 일

차에 어린 조카들을 태우고 약속된 식당으로 갔다. 초행길이어서 조심 스럽기도 했지만 마음이 내내 불쾌했다. 나는 친척들이 오늘 우리 집 에서 자게 될 거라는 사실을 알지 못했다. 남편이 왜 이 사실을 미리 알려주지 않았을까, 왜 내게 양해를 구하지 않았을까 의아했지만 친척 들과 함께 있어서 따져 물을 수 없었다.

A. 내가 기억하는 불편한 일이나 사건

남편과 만나기로 한 식당을 찾을 수가 없었다. 시간은 이미 20분이나 지나 있었다. 식당이 있는 건물로 추정되는 빌딩을 하나 찾아서 지하 주차장으로 들어갔다. 그런데 입구부터 너무 어두워 어디로 들어가야 하는지 잘 보이지 않았다. 상가 주차장이라고 하기엔 이상했다. 한 바 퀴를 돌고 이상한 느낌이 들어 그냥 나왔다. 마음이 초조해진 나는 상 가 정문 앞에 차를 대고 남편에게 전화를 걸어서 식당이 있는 건물이 어딘지 확인했다. 남편이 짜증 섞인 목소리로 알아서 찾아오라고 대답 했다. 화가 머리끝까지 치밀어올랐다. 머리털이 다 타버릴 것처럼 화 가 나서 어찌할 줄 모르겠는 감정이 됐다.

C. A가 일어난 직후의 일

남편이 식당에 늦게 도착한 나를 보자마자 불같이 화를 냈다. 길을 잃고 당황해서 한 전화에 어떻게 그렇게 불친절할 수 있냐고 나도 언성을 높였다. 친척들이 내 표정을 알아보지 않았을까 싶을 정도로 굳은 얼굴이 풀어지지 않았다. 결국 나의 지각으로 친척들은 예정된 유람선을 타지 못했다. 유람선 시간에 맞추지 못할까 초조한 마음에 성급해지고 화가 났다고 생각했는데 우려했던 일이 벌어졌는데도 내 마음은 놀랄 정도로 편했다.

○ ABC 부분을 모두 쓴 후에 새롭게 알게 된 것은 무엇입니까? 3분 동안 써보세요. 아래의 예는 위의 예시문을 쓴 참여자가 최종적으로 알게 된 것을 정리한 것입니다.

- 친척들이 우리 집에서 자게 된 걸 알고 마음이 불편해져 무의식적으로 길을 헤매게 된 것 같다.
- 내가 전화했을 때 남편이 짜증냈던 건 남편도 유람선 승차 시간에 맞추지 못할까 봐 긴장했기 때문일 거다.
- 유람선을 타지 못했는데도 내 마음이 편해진 이유는 뭘까. 더 생각해봐야겠다.

→

　　마음챙김은 변화하는 마음의 흐름을 끊임없이 관찰하게 합니다. 내 시야에 들어온 특정 시점과 대상에 몰두하기보다 좀 더 길게, 그리고 넓게 사물을 바라보도록 하지요.

　　불편한 일이 일어났을 때 우리는 보통 A 부분만 기억해내고 시시비비를 판단합니다. 그러나 관찰 시간을 확장해보면 사건을 아주 다른 모습으로 이해할 수 있습니다. 예시에서도 알 수 있듯이 A에 서술된 글쓴이의 분노는 B 부분, 그러니까 친척들이 오늘 밤 자신의 집에서 묵게 될 것이라는 불편한 마음에서 시작됐습니다. C 부분의 내용을 보더라도 글쓴이의 분노가 남편의 불친절 때문도, 그리고 지각 때문도 아니라는 사실을 알 수 있습니다. 그런데 우리는 대부분 A 사건만 기억하면서 우리의 생각을 왜곡하지요. 상황을 좀 더 객관적으로 이해하고 싶다면 당신이 주목하는 장면의 이전과 이후도 차분히 짚어보기 바랍니다.

자기 관찰 일지

○ 자기 관찰 일지를 작성하는 것은 자기 관찰과 알아차림 훈련의 결정판입니다. 하루 동안 당신이 어떤 경험을 하는지 아래 제시한 형식의 일지에 매시간 기록해보세요. 신체감각과 감정, 생각의 세 차원을 모두 살펴보세요.

매일 밤 잠들기 전에 이 일지를 작성해보세요. 장기간 작업해도 좋고 그게 불가능하다면 일주일만 지속해보세요. 하루의 대부분을 무의식적이고 습관적으로 살아가던 당신을 일깨워줄 겁니다. 처음엔 많은 부분이 생각나지 않을 거예요. 그렇다면 빈칸으로 남기고 생각나는 부분만 채우면 됩니다.

_____월 _____일 _____요일

시간	무슨 일이 있었나?	신체감각	감정	생각
AM 5시				
6시	알람 소리에 잠을 깨 이불 속에서 뒤척였다.	온몸이 무겁고 피곤한 느낌	우울함, 무거움	아, 출근할 때가 다가온다. 삶이 너무 재미없다.
7시	목욕탕 거울로 내 얼굴을 봤다.	무감각	무감정	

8시				
9시	내가 싫어하는 상사와 외근	어깨와 두 팔이 긴장돼 움츠러들었다.	위축감, 조마조마함	이러는 내가 바보 같아.
10시				
11시				
PM 12시	친한 동료와 식사를 같이했다.	가벼워진 느낌	약간의 행복감	어서 퇴근 시간이 됐음 좋겠다.
1시				
2시				
3시				
4시			.	
5시				

6시	일을 마치고 퇴근했다.	약간의 허기짐	외로움, 공허감	오늘도 집에 가서 무의미한 시간을 보낼 건가.
7시				
8시				
9시				
10시				
11시				
AM 12시				
1시				
2시				

○ 관찰 일지를 모두 작성한 후에 일과 중에서 하나를 선택해 떠오르는 대로 자유롭게 써보세요. 시간은 10분입니다.

마무리 글쓰기 | 글쓰기를 하면서 새롭게 알게 된 것은 무엇입니까? / 지금 당신의 기분은 어떤가요? 어떤 감정을 느끼나요? / 글쓰기를 마친 자신을 위로하고 칭찬해주세요.

자기 이해가
필요할 때

PART 9

저는 자기소개 시간이
가장 막막했습니다.
'뭘 소개해야 하지?'
'나라고 말할 만한 게 뭐가 있지?'
하면서 머리가 하얘졌던
경험이 많습니다.
그럴 때마다 자괴감이 느껴졌죠.
마음 공부를 한다면서
도대체 나에 대한 정보가
이렇게 없을 수가 있나….

당신은 어떤가요? 자신에 대해 얼마나 알고 있습니까? 나에 대해 안다는 건 또 무엇일까요? 키, 나이, 출신학교 이런 것 말고 나에 대해 무엇을 이야기할 수 있을까요? 정신과 의사 문요한은 〈나도 나를 모르겠다는 젊은이들에게〉라는 인터뷰에서 자기 이해를 네 가지 영역으로 나누어 설명합니다.

첫째, 자신의 욕구를 알아야 합니다. 자기 욕구는 내가 뭘 좋아하고 싫어하는지에 관한 거예요. 둘째, 자신의 강점과 약점에 대한 이해가 있어야 하는데, 이것은 뭘 잘하고 못하는지 아는 것을 말합니다. 셋째, 자신이 추구하는 가치에 관한 이야기로, 내게 뭐가 더 중요하고 어떤 게 덜 중요한지 아는 것입니다. 넷째, 자기비판적 사고가 필요합니다. 내가 무엇을 알고 무엇을 모르는지, 내가 지금 어떤 행동을 하고 어떤 사고 과정을 거치는지 관찰하고 성찰할 수 있는 능력을 말하지요. 요즘은 메타인지로 널리 알려져 있습니다.

세 번째와 네 번째에 관해서는 이 책 전반에서 다루고 있으니 이 파트에서는 첫 번째와 두 번째, 그러니까 자신의 욕구와 강점에 관해 이해하는 글쓰기를 해보려고 합니다.

여기에 더해 저는 무의식을 강조합니다. 내가 의식할 수 있는 나 말고, 내가 모르던 나를 알아가는 것, 그것이 치유하는 글쓰기의 주요한 목적이고 진정한 자기 이해입니다.

무의식을 알기 위해서는 여러 가지 글쓰기 기법이 필요합니다. 우선 의식에게 익숙하지 않은 틀을 제시하고, 이 틀에 맞추되 고민하거나 심사숙고하지 않고 빠르게 글을 써나가도록 하는 방법이 있습니다. 콜라주 작업, 역설적인 생각 유도하기, 빈칸 채우기, 문장 완성하기 등이 그것입니다. 무의식에 저장된 잊힌 기억을 떠올리거나 몸이 말하도록 하는 것도 무의식이 입을 열도록 하는 방법입니다.

자, 이제 시작하세요. 자기 이해를 향한 여러분의 여정을 응원합니다!

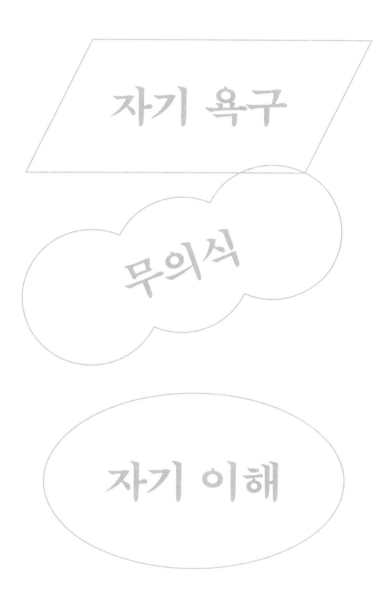

자기 욕구

무의식

자기 이해

099. 나를 설명하는 세 개의 단어

○ 당신을 설명하는 세 개의 단어를 떠올려보세요. 오래 생각하지 말고 지금 막 생각난 단어를 노트에 쓰세요. 이런 단어를 왜 떠올렸을까 의아할 정도로 낯설어도 괜찮습니다.

○ 세 개의 단어 중에서 나에 대한 설명으로 가장 익숙한 단어를 골라 5분 글쓰기를 해보세요.

○ 세 개의 단어 중에서 나에 대한 설명으로 가장 적합하지 않다고 느껴지는 단어를 골라 7분 글쓰기를 해보세요.

→

100. 시 고쳐쓰기

약
15
분
쓰
기

○ 시바타 도요는 일본의 할머니 시인입니다. 모아두었던 장례 비용을 털어 98세에 첫 시집을 낸 후 세계적인 시인이 되었지요. 그의 시는 쉽고 단순하면서도 울림을 줍니다. 그의 시 하나를 여기 소개해 볼게요.

선생님께

나를
할머니라고 부르지 말아요
"오늘은 무슨 요일이죠?"
"9 더하기 9는 얼마예요?"
바보 같은 질문도 사양합니다

"사이죠 야소의 시를 좋아하나요?"
"고이즈미 내각을 어떻게 생각하세요?"
이런 질문이라면 환영합니다

✦ 고쳐쓰기

나를

_____ 라고 하지 말아요

" _____ (?)"

" _____ (?)"

바보 같은 질문(말)도 사양합니다

" _____ (?)"

" _____ (?)"

이런 질문(말)이라면 환영합니다

○ 당신은 사람들에게 어떤 사람이고 싶은가요? 사람들이 당신을 어떻게 봐주기를 원하나요? 시를 고쳐 쓰면서 떠오른 생각을 자유롭게 써보세요. 시간은 10분입니다.

→

101. 빈칸 채우기: 나를 소개합니다

약 15분 쓰기

○ 당신은 어떤 사람입니까? 아래의 문장에서 빈칸을 채워보세요. 고민하지 않고 바로 빈칸을 채우는 게 중요합니다. 그래야 무의식의 소리를 들을 수 있으니까요.

◆ 나는 _____ 이다.

◆ 나는 사람들에게 나를 '_____ 한(인) 사람'이라고 소개한다.

◆ 친구들은 나를 대체로 _____ 라고 부른다(평가한다).

◆ 직장/ 밖에서 나는 _____ 한 사람이다.

◆ 가족들에게 나는 _____ 한 사람이다.

◆ 혼자 있을 때 나는 _____ 한 사람이 된다.

◆ 내가 추구하는 삶은 _____ 한 삶이다.

◆ 내가 자랑스러워하는 측면은 _____ 이다.

◆ 내가 부끄럽게 생각하는 측면은 _____ 이다.

◆ 겉으로 보기와 달리 나는 _____ 한 성격이다.

◆ 나의 내면 깊숙한 곳에는 _____ 이 있다.

◆ 내가 간절히 추구하는 삶은 _____ 이다.

◆ 병이 내게 옴으로써 나는 _____ 한 사람이 되었다.

    그것은 나에게 _____ 을 의미한다.

✦ 내가 _____ 을 이룬다면 나는 인생을 성공적으로

  살았다고 자부할 것이다.

○ 앞의 문장을 종합해보면 당신은 어떤 사람입니까? 다음의 구절
이 들어가는 글을 10분 동안 써보세요.

  ✦ 겉으로 보기에 나는

  ✦ 친한 사람들과 있을 때는

  ✦ 내적으로 나는

→

102.   빈칸 채우기:
좋아하는 사람 싫어하는 사람

약
25
분
쓰
기

○ 당신은 어떤 사람들을 좋아하며 왜 그런가요? 다음의 빈칸을 채
워보세요.

✦ 내가 좋아하는 사람은 _____ 이다(3명).

✦ 그들을 좋아하는 이유는 _____ 때문이다.

✦ 그들과 있을 때 나는 _____ 한 모습이 된다.

○ 위의 세 문장을 완성한 뒤 그에 대해 떠오르는 생각을 자유롭게
써보세요. 시간은 5분입니다.

○ 당신이 싫어하는 사람은 누구이며, 그들과 있을 때 어떤 모습이
되나요? 다음의 빈칸을 채우세요.

✦ 내가 싫어하는 사람은 _____ 이다(3명).

✦ 그들을 싫어하는 이유는 _____ 때문이다.

✦ 그들과 있을 때 나는 _____ 한 모습이 된다.

○ 위의 세 문장을 완성한 뒤 그에 대해 떠오르는 생각을 자유롭게
써보세요. 시간은 5분입니다.

○ 당신이 떠올린 좋아하는 사람과 싫어하는 사람을 볼 때 당신은 어떤 사람입니까? 10분 동안 떠오르는 대로 써보세요.

→

103. 빈칸 채우기: 내면의 비판자

약 10분 쓰기

○ 아래 문장을 완성해보세요. 떠오르는 대로 바로 적으세요.

✦ 나를 가장 많이 비난하는 사람은 _____ 이다(3명).

✦ 그 사람 중에서 _____ 가 나를 비난할 때 가장 고통스럽다.

✦ 나의 _____ 한 점을 지적하거나 비난할 때가 가장 싫다.

✦ 내가 싫어하는 나의 문제는 _____ 이다.

✦ 자기 비난할 때 내가 느끼는 고통의 강도는 _____ 점이다(1~10점).

○ 위의 문장을 완성한 뒤 떠오르는 생각을 자유롭게 써보세요. 시간은 7분입니다.

→

104. 빈칸 채우기:
유능함

약 12분 쓰기

○ 심리검사 중에 문장완성검사가 있습니다. 아래 빈칸이 있는 문장이 그 검사의 일부분입니다. 대답할 때 심사숙고하지 말고 떠오르는 대로 빠르게 문장을 완성해보세요.

✦ 나에게 이상한 일이 생겼을 때 ＿＿＿＿＿＿＿＿

✦ 내가 믿고 있는 내 능력은 ＿＿＿＿＿＿＿＿

✦ 나의 가장 큰 결점은 ＿＿＿＿＿＿＿＿

✦ 행운이 나를 외면했을 때 ＿＿＿＿＿＿＿＿

○ 위의 문장은 당신이 자신의 능력에 대해 어떻게 생각하는지 알아보는 내용입니다. 위의 네 문장을 모두 완성했다면 그중 하나를 골라 글을 써보세요. 10분입니다.

○ 나머지 세 문장에 대해서도 매일 한 개씩 글을 써보세요.

→

마무리 글쓰기 | 글쓰기를 하면서 새롭게 알게 된 것은 무엇입니까? / 지금 당신의 기분은 어떤가요? 어떤 감정을 느끼나요? / 글쓰기를 마친 자신을 위로하고 칭찬해주세요.

105.   빈칸 채우기:
죄책감

약 12분 쓰기

○ 아래 문장을 완성해보세요. 이번에도 심사숙고하지 말고 가장 먼저 떠오르는 생각을 잡아 문장을 완성하세요.

✦ 무슨 일을 해서라도 잊고 싶은 것은 _____

✦ 어렸을 때 잘못했다고 느끼는 것은 _____

✦ 내가 저지른 가장 큰 잘못은 _____

✦ 무엇보다 좋지 않게 여기는 것은 _____

○ 위의 문장은 죄책감에 관한 내용입니다. 네 개의 문장 모두 당신이 가진 죄책감에 대해 많은 이야기를 하고 있을 겁니다. 완성한 위의 네 문장 중에서 하나를 골라 자유롭게 써보세요. 시간은 10분입니다.

○ 나머지 세 개의 문장에 대해서도 매일 한 개씩 글을 써보세요.

→

이 파트에서는 빈칸 채우기와 문장 완성하기, 이후 소개할 스프링보드 등 구조화된 글쓰기를 많이 소개합니다. 떠오르는 대로 자유롭게 쓰는 작업에 익숙해진 분들은 이처럼 문장의 틀이 제시되는 것을 반기지 않습니다. 구조화된 문장을 보면 아무 생각도 떠오르지 않고 답답해진다고 호소합니다. 그렇다면 성공입니다!

아무 생각도 나지 않는 것은 의식의 입장일 겁니다. 알고 있는 것만 말하고 싶어 하는 의식은 자신이 모르는 것들을 보면 당황하고 대답하기 싫어하니까요.

그때 무의식이 발언할 기회가 주어집니다. 당신의 의도와 전혀 상관없는 문장이 제시되면 심사숙고하지 말고, 적절한 것을 찾으려고 고민하지 말고 머릿속에 순간 떠오르는 말을 잡아 글로 옮기세요. 정말 황당하다고 느껴지는 말 속에 무의식의 목소리가 있습니다. 처음엔 낯설고 어색하지만 점점 더 익숙해지면 무의식의 언어를 더 많이 이해하게 될 겁니다.

106. 내 인생의 첫 기억

약 24분 쓰기

○ 당신이 기억할 수 있는 가장 오래된 기억은 무엇입니까? 인생의 첫 번째 기억을 글로 써보세요. 몇 살 때였으며, 누가 등장하나요? 그 당시의 장면을 묘사해보고 그때 느낀 감정, 분위기, 생각 등을 써보세요. 시간은 5분입니다.

○ 첫 기억 속의 어린 당신이 한마디 말을 했다면 뭐라고 했을까요? 주로 사용하는 손의 반대편 손으로 어린 당신이 했을 법한 말을 한두 문장의 글로 써보세요.

○ 첫 기억 속 많은 편린은 이후 당신의 삶에서 반복적으로 나타납니다. 첫 기억 속에 등장하는 인물에 대해 현재도 비슷한 느낌을 느낄 수 있고, 당시의 정서, 슬픔, 분노, 행복감, 간절함, 묘한 거리감 등을 어른이 되어서도 자주 경험할 수 있습니다. 심지어 사회생활을 하면서 만나는 연상의 여성이나 남성에게도 과거 부모에게 느꼈던 유사한 감정을 반복해서 경험할 수 있습니다.
자, 성인이 된 이후의 삶에서 첫 기억과 유사한 측면을 발견했다면 무엇이라도 좋으니 자유롭게 써보세요. 시간은 15분입니다.

→

마무리 글쓰기 | 글쓰기를 하면서 새롭게 알게 된 것은 무엇입니까? / 지금 당신의 기분은 어떤가요? 어떤 감정을 느끼나요? / 글쓰기를 마친 자신을 위로하고 칭찬해주세요.

107.   내 인생의 첫 경험

○ 생애 첫 기억뿐 아니라 무엇이든 첫 경험은 내면에 깊게 각인됩니다. 아래의 예처럼 기억나는 첫 경험을 모두 적어보세요.

- 첫사랑
- 초경
- 첫 번째 반려동물
- 첫 성관계
- 첫 번째로 산 학교 가방
- 첫 번째로 좋아했던 대중음악
- 첫 직장
- 첫 번째 폭음

  …

○ 작성한 목록 중에서 하나를 골라 당시 경험에 대해 10분 동안 써보세요.

○ 당신이 글로 쓴 첫 경험이 현재 당신의 삶에 미치는 영향은 무엇입니까? 5분 동안 쓰세요.

→

108.   내가 사랑한 노랫말

○ 당신이 좋아하는 노래 가사는 무엇입니까? 그 노랫말을 노트에 적어보세요. 그 노랫말 중에 유난히 가슴에 와닿는 문장이나 단어가 있다면 밑줄 그어보세요.

○ 왜 그 말이 가슴에 와닿는 걸까요? 무엇을 떠올리게 합니까? 당신이 좋아하는 그 문장이나 단어와 관련해 떠오르는 것들을 글로 써보세요. 시간은 10분입니다.

→

109.   부러움에 관하여

○ 당신이 부러워했던 사람은 누구입니까? 생각나는 사람을 모두 적어보세요. 당신이 적은 사람 옆에 각각 어떤 점이 부러운지 적어보세요. 부자다, 사람들에게 인기 있다, 예쁘게 생겼다, 좋은 부모를 가졌다 등등.

○ 작성한 목록을 보면서 당신이 부러워하는 것들이 대체로 무엇인지 그 공통점을 찾아보세요. 그리고 '내가 진실로 원하는 것은~'으로 시작하는 글을 자유롭게 써보세요. 7분입니다.

  ✦ 내가 진실로 원하는 것은…

→

글쓰기를 하면서 새롭게 알게 된 것은 무엇입니까? / 지금 당신의 기분은 어떤가요? 어떤 감정을 느끼나요? / 글쓰기를 마친 자신을 위로하고 칭찬해주세요.

110. 다른 사람의 인생을 살 수 있다면

약 20분 쓰기

○ 당신이 한 달 동안 다른 사람의 인생을 살 수 있다면 누구의 삶을 선택하고 싶습니까? 당신 주위의 사람이거나 매스컴을 통해서 알고 있는 사람이어도 좋습니다. 한 사람을 선택해 그의 삶을 사는 일상의 모습이나 내면을 글로 써보세요. 시간은 15분입니다.

○ 글을 다 썼다면 다음의 문장을 완성하세요.

   ✦ 내가 선택한 그를 세 개의 단어로 설명한다면

   ——————— , ——————— , ——————— 이다.

   ✦ 내가 그의 인생을 살기로 선택한 이유는 ———————————

   ✦ 글쓰기를 통해서 경험한 그의 삶은 ———————————

→

**111. 지구에 단 50명만
남았다면**

10분쓰기

○ 인류가 예상했던 커다란 파괴가 일어났고, 마지막에 단 50명만 살아남았습니다. 생존을 위해서 각자에게 역할을 줬습니다. 당신의 역할은 무엇입니까? 새로운 지구를 위해 당신이 하고 싶은 일은 무엇인가요? 왜 그렇게 생각하나요? 그 역할을 하기 위해서 어떤 마음가짐으로 하루를 어떻게 쓰고 있습니까? 10분 동안 써보세요.

→

마무리 글쓰기 | 글쓰기를 하면서 새롭게 알게 된 것은 무엇입니까? / 지금 당신의 기분은 어떤가요?
어떤 감정을 느끼나요? / 글쓰기를 마친 자신을 위로하고 칭찬해주세요.

112.   미운 사람 칭찬하기

17분 쓰기

○ 당신이 미워하는 사람들을 구체적으로 떠올리고 목록을 정리해 보세요.

○ 그중에서 한 명을 선택해 그를 칭찬하는 글을 써보세요. 힘들겠지만 재미있는 작업이 될 겁니다. 그에겐 어떤 장점이 있나요? 하는 짓은 밉지만 나에게 잘해준 것도 있나요? 미워하는 마음이 얼마나 강하게 느껴지나요? 장점이 많아 당황스러우신가요? 어쨌든 10분 동안 쉬지 않고 글을 써보세요.

○ 다음의 문장을 완성해보세요.

◆ 내가 미워하는 _____ 을/를 칭찬하는 글을 쓰면서

알게 된 것은 _____ 이다.

→

마무리 글쓰기 | 글쓰기를 하면서 새롭게 알게 된 것은 무엇입니까? / 지금 당신의 기분은 어떤가요? 어떤 감정을 느끼나요? / 글쓰기를 마친 자신을 위로하고 칭찬해주세요.

113.   자기 이해:
욕구 알기

○ 파트 9 도입글에 소개한 자기 이해의 기본 네 가지 중에서 먼저 자신의 욕구에 대해 정리해볼 시간입니다.

당신의 욕구는 무엇입니까? 뭘 좋아하고 어떤 것을 싫어하는지 생각나는 대로 써보세요. 의, 식, 주, 인간관계, 사회 환경 등 각각의 영역에서 좋아하는 것과 싫어하는 것을 기록해보세요. 목록도 좋고, 마인드맵 형식이어도 좋습니다. 20분의 시간을 드립니다.

○ 당신이 작업한 욕구 중에서 하나를 선택해 자유롭게 써보세요. 시간은 7분입니다.

○ 자신의 욕구를 한 번의 작업으로 모두 정리하기는 어렵습니다. 그러니 생각날 때마다 그때그때 이 작업에 추가해주세요.

→

114. 자기 이해: 숨은 욕구 알기

약 20분 쓰기

○ 앞에서(113) 작업한 목록을 눈으로 읽어보세요. 당신이 평소 탐탁지 않게 여기는 욕구가 포함되어 있나요? 예를 들면 성욕이나 식욕, 사람들의 관심을 즐기는 욕망 같은 것들 말입니다. 만약 그런 부분을 제외했다면 지금 추가해주세요. 의식 성장을 위한 마음 공부 중에는 '좋은 욕구'를 많이 갖는 것보다 자신의 욕구를 많이 아는 게 더 중요합니다. 그림자 영역에 숨은 욕구를 많이 의식화해주세요.

○ 탐탁지 않은 욕구 중에서 하나를 선택해 10분 동안 글을 써보세요.

○ 완성한 욕구 목록을 읽어보세요. 좋다 싫다, 또는 옳다 그르다 하는 판단 없이 그저 자신의 개성이나 특성이라고 여기면서 받아들이세요. 자신을 있는 그대로 이해하고 인정해야 변화와 성장이 가능해진답니다.

○ '나는 _____ 한 나를 인정한다'라는 문장으로 시작하는 글을 써보세요. 시간은 5분입니다.

→

115.　자기 이해: 강점과 약점

○ 당신은 어떤 강점과 약점이 있습니까? 개인 생활, 가족, 직업, 학교, 친구 관계, 기타 사회생활 등의 영역에서 당신의 장단점을 정리해보세요. 예를 들어 개인 생활에서 혼자서도 심심해하지 않는다, 혼자 산책을 잘한다, 독서를 잘한다 등의 강점이 있지만, 규칙적인 생활이 어렵다, 정리를 못한다와 같은 약점이 있을 수 있습니다. 또 직업적으로는 완벽주의, 무난한 캐릭터로 적을 만들지 않는다, 업무 습득이 빠르다, 협조적인 일을 잘한다 등이 강점일 수 있지만, 수줍음을 많이 탄다, 기회를 빠르게 잡지 못하고 주저한다 등이 약점일 수 있습니다.

이 세상 모든 것이 동전의 양면처럼 빛과 그림자를 필연적으로 지니고 있지요. 당신이 가진 특성에서도 그런 면을 발견할 수 있을 겁니다. 예를 들면 강한 성취 욕구는 남들보다 많은 일을 해낼 수 있게 한다는 점에서 강점이지만 그 과정에서 건강을 해쳤거나 경쟁심 때문에 인간관계에 문제가 생겼을 수 있습니다. 그런 것들은 강점과 약점에 모두 넣어주세요.

자, 이제 당신이 당신의 강점과 약점을 정리해볼 차례입니다. 20분의 시간을 드립니다. 목록과 표, 마인드맵 등 무엇이든 활용하세요.

○ 작성한 목록 중에서 하나를 골라 자유롭게 써보세요. 시간은 7분입니다.

○ 이제까지 작업한 목록을 눈으로 읽어보세요. 좋다거나 싫다는, 또는 옳다거나 그르다는 판단 없이 그저 자신의 특성이라고 여기면서 받아들이세요. 자기 이해는 있는 그대로의 모습을 아는 것이니까요. 무엇보다 있는 그대로의 자신을 알아야 변화도 가능해진다는 사실을 명심하세요.

○ '나는 _____ 한 나를 인정한다'라는 문장으로 시작하는 글을 써보세요. 시간은 5분입니다.

→

116. 몸 알기: 몸 그리기

약 25분 쓰기

○ 흰색 종이에 당신의 몸의 윤곽을 그려보세요. 그림으로 그린 몸의 윤곽을 머리에서 발끝까지 눈으로 훑어보면서 각각의 신체가 어떤 느낌인지 그림이나 무늬 또는 색으로 표현해보세요. 스티커 작업을 해도 좋습니다.

○ 각각의 신체기관이 어떤 말을 하는지 한두 문장의 말풍선을 달아보세요. 팔, 다리, 눈 같은 기관도 좋고 간, 위장, 대장처럼 눈에 보이지 않는 부위도 좋습니다.

○ 흥미로운 말을 하는 신체기관에 대해 자유롭게 글을 써보세요. 시간은 10분입니다.

마무리 글쓰기 | 글쓰기를 하면서 새롭게 알게 된 것은 무엇입니까? / 지금 당신의 기분은 어떤가요? 어떤 감정을 느끼나요? / 글쓰기를 마친 자신을 위로하고 칭찬해주세요.

117. 몸 알기: 빈칸 채우기

약 20분 쓰기

○ 몸에 대해 어떤 생각을 해왔는지 적어볼 차례입니다. 아래 빈칸을 채워보세요. 깊게 생각하지 말고 가능하면 빠르게 문장을 완성해보세요.

1. '슬플 때 울지 않으면 내장이 대신 운다'라는 말이 있다.

   내가 _____ 을/를 참을 때 대신 우는 나의 내장은

   _____ 이다.

2. 나의 몸 중에서 가장 건강한 부분은 _____ 이다.

3. 나의 몸 중에서 가장 취약한 부분은 _____ 이다.

4. 나의 몸 중에서 가장 고맙게 여기는 부분은 _____ 이다.

5. 나의 몸 중에서 가장 자랑스럽게 여기는 부분은 _____ 이다.

6. 나의 몸 중에서 가장 미안하게 느끼는 부분은_____ 이다.

7. 나의 몸 중에서 가장 안쓰럽게 여기는 부분은 _____ 이다.

8. 나의 몸 중에서 가장 창피하게 생각하는 부분은 _____ 이다.

9. 나는 몸의 _____ 에서 종종 통증을 느낀다.

10. 그 통증이 나에게 외친다. _____ 라고!

11. 나의 몸 중에서 인생의 짐을 가장 많이 지고 있는 부분은

    _____ 이다.

12. 내 몸 중에서 가장 많은 이야기를 갖고 있는 부분은

_____ 이다.

13. 내 몸 중에서 가장 비밀스러운 부분은 _____ 이다.

○ 당신이 작성한 문장을 읽어보세요. 빈칸을 채우고 나니 당신이 몸에 대해 어떤 생각을 해왔는지 좀 더 이해가 되나요? 문득 떠오르는 대로 문장을 완성하긴 했지만 왜 그렇게 썼는지 이해가 안 되는 문장은 없나요?

○ 위의 빈칸 채우기 문장 중에서 한 문장을 골라 그 문장으로 시작하는 글을 써보세요. 시간은 15분입니다.

→

118. 몸 알기: 대화하기

○ 앞에서(117) 작성한 나의 몸 중에서 2번 문장의 건강한 신체기관은 무엇인가요? 그것과 대화 글쓰기를 시도해보세요. 건강한 신체 부위와 대화할 때는 활기가 느껴질 겁니다. 하지만 몸이 의외의 이야기를 할 수도 있으니 고정관념 없이 이야기에 귀 기울여주세요. 먼저 건강한 몸을 칭찬해주고, 궁금한 점을 물어보세요. 그에게 건강과 관련한 조언을 구해도 좋습니다. 시간은 7분입니다.

○ 11번 문장의 신체기관과도 대화를 나눠보세요. 인생의 짐을 짊어진 신체 부위는 어디입니까? 뻣뻣한 어깨나 목덜미? 허리나 무릎일 수도 있고, 만성 소화불량에 시달리는 위장이나 과민성 증상을 보이는 대장일 수도 있습니다. 그 신체 부위는 하고 싶은 말이 많았을 겁니다. 우선 그에게 고마움을 표현하고, 건강과 관련한 조언을 구해도 좋습니다. 시간은 15분입니다.

○ 앞에서(116, 117) 작성한 신체기관과 매일 대화 글쓰기를 시도해보세요. 몸에 대해 많은 것을 알게 될 것입니다.

→

119. 스프링보드: 질문형

○ 캐슬린 아담스는 글쓰기를 시작하기 위해 제시하는 첫 문장을 '스프링보드'라고 이름 붙였습니다. 수영이나 멀리뛰기를 위한 도움닫기의 구름판처럼 글쓰기에서도 도약을 위한 발판이 필요하다는 의미에서 붙여진 이름이지요.

다음은 질문형 스프링보드입니다. 마음에 와닿거나 전혀 아무 생각도 떠오르지 않는 구절을 하나 선택해서 떠오르는 대로 자유롭게 글로 옮겨보세요. 시간은 10분입니다.

✦ 내가 직업을 갖지 않는다면 나는 누구일까?

✦ 내가 길에서 벗어난다면 되돌아갈 수 있을까?

✦ 내가 의심 없이 신뢰한다면 실수를 저지르게 될까?

✦ 마음의 문을 열면 벌레들이 그 문으로 들어올까?

✦ 내가 행복해지면 삶이 나를 배신할까?

→

마무리 글쓰기 | 글쓰기를 하면서 새롭게 알게 된 것은 무엇입니까? / 지금 당신의 기분은 어떤가요? 어떤 감정을 느끼나요? / 글쓰기를 마친 자신을 위로하고 칭찬해주세요.

120.   스프링보드:
서술형

20분쓰기

○ 이번엔 서술형 스프링보드로 글쓰기를 해보세요. 아래에 몇 개의 서술형 문장을 제시했습니다. 문득 눈에 들어오는 문장을 선택해 글을 써보세요. 문장을 선택할 때 심사숙고하지 말고 첫 느낌에 주목하세요. 시간은 10분입니다.

- ✦ 오늘도 눈치를 본다.
- ✦ 나는 가끔 후회한다.
- ✦ 길을 잘못 들어섰다.
- ✦ 누군가 내 몸에서 울고 있었다.
- ✦ 오래전 그 사람의 소식이 궁금하다.
- ✦ 간절히 기다리는 것이 있다.

○ 이번에는 가장 끌리지 않는 문장을 하나 골라서 그것으로 시작하는 글쓰기를 해보세요. 시간은 10분입니다.

→

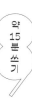

121. 문장완성형 글쓰기

○ 다음 빈칸에 당신의 생각을 글로 채워보세요. 정확한 답을 적으려 고민하지 말고, 문장을 보면서 막 떠오르는 생각을 적어넣으세요.

✦ 그렇게 위험하지 않다면 나는 _____

✦ 겁먹지 않는다면 나는 _____

✦ 그렇게 멍청한 일이 아니라면 나는 _____

✦ 나는 그를 사랑하지만 _____

✦ 그 생각을 해도 괜찮다면 _____

✦ 아직은 준비가 안 되었지만 _____

✦ 말하기 가장 두려운 것은 _____

✦ 아무도 모르는 나만의 비밀은 _____

✦ 사람들을 만날 때 쓰는 가면은 _____

✦ 다시 태어난다면 나는 _____

✦ 밤이 깊은데 잠이 안 올 때 _____

✦ 가장 듣기 싫은 잔소리는 _____

✦ 용서할 수 있을까. 그 사람을 _____

✦ 내가 혼자서 중얼거리는 말은 _____

✦ 당신이 오기로 했던 날 _____

○ 앞의 목록 중에서 문장을 완성하기 가장 어려운 내용은 무엇이 었나요? 그 문장 옆에 이렇게 써넣어주세요. '괜찮아, 언젠간 그 마음 이해하게 될 거야'라고요.

○ 당신이 완성한 문장 중에서 하나를 선택해 10분 동안 자유롭게 글쓰기를 해주세요.

○ 위에 완성한 문장을 매일 한 개씩 선택해서 10분 동안 글을 써도 좋습니다.

→

122. 콜라주와 글쓰기

약
20
분
쓰
기

○ 당신 주위에 사진이나 그림이 있는 잡지, 신문 또는 팸플릿 등이 있다면, 혹은 다이어리를 꾸미는 다양한 스티커가 있다면, 마음에 와닿는 이미지나 글귀를 몇 개 골라 오려보세요. 그리고 그것들을 노트에 붙여보세요. 색 펜 몇 가지로 마음이 가는 대로 색칠을 해도 좋습니다.

미리 의도를 세우거나 계획하지 말고 아무 생각 없이, 내키는 대로 작업해보세요. 10분 정도 작업했다면 이제 여러분이 꾸민 그 이미지와 글귀를 보면서 생각이 떠오르는 대로 글을 써보세요. 10분입니다.

→

한 글쓰기 참여자는 잡지에서 스산하게 해가 저물어 가는 숲속에 자리한 작은 집 사진을 발견했습니다. 그는 가슴이 먹먹해지는 그 사진을 오려 노트에 붙이고 바로 글을 쓰기 시작했지요. 그리고 오래된 자신의 죽음 이슈를 풀게 됐습니다. 부모를 일찍 잃은 그는 평생 죽음에 대한 두려움으로 살았습니다. 그런데 글을 쓰고 보니 자신이 죽음에 매우 깊은 매혹을 느낀다는 사실을 알게 됐습니다.

그의 마음속 깊은 곳에서 죽음은 지극한 평온함과 안식으로 느껴졌으며 그를 어서 오라고 손짓하는 것만 같았습니다. 죽음에 대한 이 매혹으로 인해서 자신이 부모처럼 일찍 죽는 건 아닐까 늘 두려움에 시달렸던 것입니다. 물론 이 참여자처럼 모든 사람이 실존에 대해 깊이 성찰하는 것은 아닙니다만 글쓰기와 다른 매체를 함께 활용함으로써 더 효과적인 자기 이해가 가능해질 수 있습니다.

더 깊은 내면을
알고 싶을 때

PART 10

이제까지 당신은 자신에 관한
퍼즐 조각을 하나씩 맞추면서
자신을 찾는 글쓰기를 계속했습니다.
그런데 자기 이해의 단계가 높아질수록
조각 맞추기의 난이도도 높아집니다.
자신을 쉽게 드러내고 싶어 하지 않는
깊은 무의식의 단계로 진입했기 때문입니다.
깊은 무의식과 만나기 위해서는
투사적 기법의 글쓰기와 대화기법
글쓰기가 주로 사용됩니다.
투사는 억압해둔 자신의 무의식을
외부 대상에게 뒤집어씌워 혐의를
돌리는 것을 말합니다.
예를 들면 친구를 미워하는 나의 마음을
인정하기 어려워서 반대로 친구가 자신을
미워한다고 생각하며 괴로워하는 것이지요.

물론 이 과정은 무의식적이어서 자신이 친구를 미워한다는 사실을 의식하지 못합니다. 치료 현장에서는 이 투사를 적극적으로 활용합니다. 우리의 무의식을 볼 수 있기 때문이지요. 이 파트에서는 매우 다양한 대상에게 당신을 비춰보도록 할 것입니다. 그렇게 해서 나온 내용은 타자의 시선인 동시에 당신 내면의 낯선 측면일 겁니다.

대화기법 글쓰기는, 어렵사리 만난 무의식의 조각과 대화를 시도하는 방법입니다. 그렇게 해서 나에 대한 중요한 정보를 얻어내는 것이지요. 인간은 희한하게도 그것이 마치 인격체인 것처럼 자신의 내면과 대화를 나눌 수 있습니다. 단 그들과 대화할 때는 뭔가를 가르치거나 불만을 터뜨려서는 안 됩니다. 우리가 호의적이지 않으면 그들은 얼른 움츠러들고 사라져 버리기 때문입니다.

이 파트에서 만나는 내면이 너무 낯설어서 불편하거나 불쾌해질 수도 있습니다. 대면하기 싫어서 꽁꽁 숨겨두고 억압해둔 마음이기 때문입니다. 그래서 이 부분을 '그림자 의식'이라고 부릅니다. 세상일이 다 그렇듯 깊은 곳에 숨어 있던 불편하고 불쾌한 것들이야말로 진짜 보석입니다. 당신은 그런 자신을 발견할 때마다 축포를 쏘고 팡파르를 울려야 할지도 모르겠습니다. 여태껏 당신을 괴롭혔던 심리적 문제를 해결할 열쇠가 거기에 있을 뿐 아니라 의식 성장이 비약적으로 이루어지는 계기가 되기 때문입니다.

이게 바로 온전한 이해입니다. 나를 긍정적인 측면과 어둡고 부끄러운 측면을 함께 가진 존재로 이해하는 것 말입니다. 어둡고 부끄럽다고 여겼던 것의 이면에 필연적으로 보석이 감춰져 있다는 사실을 알게 되는 것이기도 하고요. 분석심리학자 융은 그래서 인간을 완벽한 존재가 아닌 온전한 존재라고 이야기했습니다.

자, 이제 저와 함께 온전한 당신을 만나기 위한 밤바다 여행을, 아니 모험을 떠나요. 온전한 자기 이해를 위해!

깊은 무의식

타자의 시선

온전한 존재

123. 내면의 비판자와 대화하기

15분쓰기

○ 오늘도 내면의 비판자와 대화가 가능할까요? 마음속으로 다음과 같이 상상해보세요. 당신이 주인이 되어 내면의 비판자를 손님으로 초대해보세요. 그는 어떤 모습입니까? 어떤 별칭을 지어주고 싶은가요?

상상 속에서 그에게 차 한 잔 대접하고 글쓰기로 대화를 시작하세요. 당신에게 하고 싶은 말이 무엇인지, 뭘 걱정하는지 물어보고 그가 말을 충분히 할 수 있도록 해주세요.

그의 이야기를 듣고 나서 당신도 할말을 하세요. 당신이 그로 인해서 얼마나 불편했는지 나직한 목소리로 이야기해주세요. 그리고 협상을 제안하세요. 그가 당신에게 상처주지 않으면서 유용한 충고를 해주는 방법에 대해서요. 대화의 과정에서 그 해답을 찾아보세요. 시간은 모두 15분입니다.

→

124. 투사 글쓰기: 9단계 단어투사 놀이

○ 혹시 원숭이 똥구멍으로 시작하는 노래를 아나요? 가사는 다음과 같이 이어집니다. 원숭이 똥구멍은 빨개, 빨가면 사과, 사과는 맛있어, 맛있으면 바나나… 이 노래는 일종의 끝 단어 잇기입니다. 이와 비슷한 단어연상 또는 단어투사 놀이를 해볼게요.

왼편에 제시한 그림을 보니 어떤 단어가 떠오르나요? 적절한 단어를 찾으려 고민하지 말고 처음 떠오른 단어를 오른편 9개 칸으로 나뉜 표 1번에 적으세요.

1	2	3
8	9	4
7	6	5

ⓒ한경은

○ 이제 그림은 잊고 1번의 단어에서 연상되는 단어를 2번에 적으세요. 같은 방식으로 2번 단어에서 연상되는 또 다른 단어를 3번에, 그리고 3번의 단어에서 연상되는 단어를 4번에 써넣으세요. 이런 작업을 9번에 도달하기까지 계속하세요.

○ 9번의 단어는 아홉 번의 투사를 거쳐 나온 언어입니다. 그래서 당신의 심층 언어라고 볼 수 있습니다. 당신이 쓴 9번의 단어에서 뭔가 떠오르는 게 있나요?
9번의 단어에서 연상되는 것을 자유롭게 써보세요. 시간은 7분입니다.

→

125. 투사 글쓰기: 미운 감정 쏟아내기

약
25
분
쓰
기

○ 요즘 미워하는 사람이 있습니까? 당신의 마음을 불편하게 하는 사람, 화나게 만드는 사람이 있나요? 여러 가지 방법을 동원해 참아보려 해도 뜻대로 되지 않는다면 종이 위에 당신의 미움을 허용해보세요.

미워하는 마음을 실컷 글로 써보세요. 더 과장해 써본다면 감정을 해소하는 데 효과적일 겁니다. 10분 동안 그를 미워해보세요.

○ 글을 다 썼다면 힘든 얘기 하느라 수고했을 당신을 칭찬해주세요. '잘했어, 감정을 쏟아내느라 수고했어'라고요. 시간은 1분입니다.

○ 이제 그가 미운 이유를 목록으로 다섯 가지 이상 써보세요.

○ 당신이 쓴 목록을 읽어보세요. 남들의 관심을 끌기 위해 행동한다, 의존적이다, 죽는 소리한다 등 내가 미워하는 그의 모습이 당신에게 있는 요소는 아닌지 살펴보세요. 애써 억눌러온 측면, 경계하고 불편해했던 자신의 모습은 아닌가요? 이에 관해 떠오르는 대로 자유롭게 글을 쓰세요. 5분입니다.

→

마무리
글쓰기
| 글쓰기를 하면서 새롭게 알게 된 것은 무엇입니까? / 지금 당신의 기분은 어떤가요?
어떤 감정을 느끼나요? / 글쓰기를 마친 자신을 위로하고 칭찬해주세요.

투사 글쓰기:
싫어하는 사람들

약 20분 쓰기

○ 살다 보면 우리는 필연적으로 싫어하는 사람을 만나게 됩니다.
당신이 싫어하는 사람을 목록으로 만들어보세요. 예로 제시한 아래
표의 A항에 해당합니다.

○ 아래 표의 B항과 같이, 당신이 싫어하는 각각의 사람 옆에 그의
어떤 점이 싫은지 간단하게 메모해보세요. C항처럼, 싫어하는 특성
에 대해 당신이 어떤 감정과 생각을 갖는지도 써주세요.

○ 이제 D항을 채울 차례입니다. 그 싫어하는 특성이 나와 실제적으
로 어떤 연관성을 갖는지 써보세요.

번호	A. 이름 (관계)	B. 싫어하는 면	C. 그에 대한 감정과 생각	D. 나와의 관련
1	이영숙	입바른 말	얄밉다, 경솔해보인다	내가 가장 혐오하는 모습
2	정희영	냉정하다	긴장하게 된다	나의 아버지를 닮았다
3	첫째 딸	덤벙댄다	바보 같아 보인다	엄마가 늘 나에게 한 말이다
4	시어머니	나를 함부로 비난한다	위축된다, 화가 난다	나의 엄마를 닮았다
5	팀장	말과 행동이 다르다	혼란스럽다, 무섭다	나와 정반대다
...	...	...	...	...

○ A항의 목록을 볼 때, 당신은 주로 어떤 부류의 사람들을 싫어하나요? 당신이 작성한 목록에서 동년배 친구, 가족, 직장 동료, 주로 연상의 남자 등으로 공통점을 찾아보세요.

○ B항에서 볼 때, 당신은 주로 어떤 특성을 가진 사람을 싫어하나요? 권위적인 사람, 이기적인 사람, 게으른 사람 등으로 분류해보세요.

○ 당신이 싫어하는 사람은 사실 당신의 그림자 인격일 수 있습니다. 당신의 내면에 있지만 위험하게 여겨 억눌러둔 인격입니다. 내가 억압해둔 성격을 가진 사람을 현실에서 만날 때 우리는 불편함을 느끼고 불화하게 됩니다. 뿐인가요? 우리 내면의 그림자 인격을 억압하고 외면하기 위해 많은 에너지를 지불하지요. 가끔 억눌러두기에 실패하면 마음은 전쟁터가 됩니다. 이제 그림자 인격의 존재를 알아차려보세요. 그저 알아차리는 것만으로도 마음이 편안해질 거예요.

○ '나의 그림자 인격은'으로 시작하는 글을 자유롭게 써보세요. 시간은 10분입니다.

→

127. 투사 글쓰기: 신이 있다면

○ 빈칸이 있는 다음의 문장은 신에 대한 당신의 생각을 묻는 내용입니다. 빈칸을 채워주세요.

✦ 신이 있다면 그는 _____ 한 모습일 거다.

✦ 그 신이 나에게 이렇게 말할 것이다.

_____ 라고.

○ 인간이 신에게 투사하는 것은 대체로 우리 내면의 막강한 심리적 측면입니다. 초자아, 또는 내면화된 부모의 목소리라고 할 수도 있습니다. 융심리학에서는 보다 근원적이고 원형적인 심리를 신이라는 개념에 투사한다고 보지요. 당신은 신을 어떻게 상상하나요? 자비로운 모습인가요? 아니면 파워를 가진 권위적인 모습인가요? 두 번째 문장은 당신과 신의 관계를 보여줍니다. 당신에게 신이 뭐라고 하나요? 뭔가를 더 많이 하라고 요구하나요? 아니면 지금 그대로 괜찮다고 하나요? 위의 두 개의 문장을 주제로 자유롭게 이야기해보세요. 시간은 15분입니다.

→

128. 투사 글쓰기:
《변신》의 벌레처럼

15 본 쓰 기

○ 카프카의 《변신》은 주인공 잠자가 어느 날 갑자기 흉측한 벌레로 변한 뒤 가족들의 냉대로 서서히 죽어가는 모습을 그립니다. 당신을 벌레로 묘사한다면 어떤 종류일까요? 낮 동안 인간의 모습으로 살아가다가 집으로 돌아가면 옷을 벗듯 본연의 모습으로 돌아갑니다. 인간의 모습을 벗었을 때 당신은 어떤 벌레가 된다고 생각하나요? 어떤 종류의 벌레이고 그 벌레는 무슨 생각을 하나요? 벌레의 심정이 되어 글을 써보세요. 시간은 5분입니다.

○ 당신이 떠올린 그 벌레를 평소에 당신은 어떻게 생각했습니까? 왜 그 벌레를 자신의 모습으로 떠올렸을까요? 생각나는 대로 자유롭게 써주세요. 시간은 10분입니다.

→

당신은 이 책이 제시한 다섯 가지(124~128)의 투사 글쓰기를 마쳤습니다. 우리 내면에 존재하지만 정작 자신은 몰랐던, 외부 대상이나 개념에 투사해서 내 것이 아니라고 생각하며 살았던 심리적 내용을 알아보는 작업이었습니다. 특히 우리가 불편해하고 혐오했던 투사 내용은 우리의 심리적 그림자입니다.

우리가 외부에 투사했던 내용을 자신의 것이라고 알아차리는 것의 중요성은 아무리 강조해도 부족합니다.

우리의 것을 우리의 것으로 가져오세요. 그것이 달갑지 않은 측면이라도 기꺼이 가져오세요. 이 세상에 그림자를 갖지 않은 인간은 없으니까요. 무엇보다 투사한 심리적 측면을 우리 것으로 인정하면 외부 세상과의 대립과 싸움이 많이 줄어듭니다. 그리고 자신의 그림자를 알게 되면 좀 더 현실적이고 유연한 사람이 됩니다.

129. 타인의 관점에서 보기: 가족

약 20분 쓰기

○ 가족 중에는 좋아하고 소통이 잘 되는 사람이 있기 마련입니다. 당신과 사이가 좋은 가족은 누구입니까? 배우자? 엄마? 아빠? 오빠나 동생? 또는 할머니나 할아버지를 떠올릴 수도 있습니다. 사이좋은 가족이 둘 이상이라면 그중에서 한 사람을 골라 그의 관점에서 당신을 생각해보세요. 1분 정도 침묵하면서 당신이 좋아하는 가족이 되어본 후 그의 목소리로 당신을 설명해보세요. 떠오르는 대로 자유롭게 글을 쓰세요. 시간은 10분입니다.

○ 가족 중에서 유난히 불편한 사람도 있을 겁니다. 자꾸 갈등이 생기는 사람, 소원한 사람, 상대적으로 덜 친한 사람 등등. 그들 중에서 한 명을 골라 그가 생각하는 나에 대해 글을 써보세요. 1분 정도 침묵하면서 잠시 그의 입장이 되어보세요. 그리고 글쓰기를 시작하세요. 시간은 10분입니다.

→

마무리 글쓰기 | 글쓰기를 하면서 새롭게 알게 된 것은 무엇입니까? / 지금 당신의 기분은 어떤가요? 어떤 감정을 느끼나요? / 글쓰기를 마친 자신을 위로하고 칭찬해주세요.

130. 타인의 관점에서 보기:
친구

○ 오래된 익숙한 친구라면 그와의 관계를 거리를 두고 생각하기가 쉽지 않습니다. 특히 친구가 그동안 나를 어떻게 생각했을까 생각해본 적이 별로 없을 겁니다. 오늘은 친구의 관점에서 나를 보세요. 먼저 가장 친한 친구 중 한 명을 떠올려 그의 관점에서 나를 설명해보세요. 친하긴 하지만 당신의 예상과 다른 생각을 하고 있을 수 있으니 선입견 없이 글을 써보세요. 시간은 7분입니다.

✦ 내 친구 _____ 은/는…

○ 불편한 친구 중 한 명을 떠올리고 그의 관점에서 나를 설명해보세요. 불편한 친구 역시 당신의 예상과 다른 생각을 할 수도 있다는 점을 잊지 말고 글을 쓰세요. 시간은 7분입니다.

✦ _____ 이라는 친구는…

→

 마무리 글쓰기를 하면서 새롭게 알게 된 것은 무엇입니까? / 지금 당신의 기분은 어떤가요?
글쓰기   어떤 감정을 느끼나요? / 글쓰기를 마친 자신을 위로하고 칭찬해주세요.

131. 타인의 관점에서 보기: 직장에서

○ 직장 동료나 사회생활을 함께하는 사람들이 보는 당신은 어떤 사람일까요? 지금 떠오르는 한 사람을 선택해서 그의 관점에서 당신에 대해 써보세요. 일할 때 모습, 상사와의 관계, 동료나 선후배 관계, 장점이나 강점 또는 아쉬운 점 등을 그들의 관점에서 이야기해보세요. 시간은 10분입니다.

○ 직장의 상사나 부하, 동아리 회원 등 사회생활을 할 때 만나는 사람들을 떠올린 뒤 각각의 관점에서 당신이 어떤 사람인지 매일 글을 써보세요. 자신에 대해 보다 객관적인 조망이 가능할 것입니다.

→

132.   사물의 관점에서 보기

○ 당신과 일상을 같이하는 물건이 많습니다. 이런 상상을 해보면 재미있을 거 같아요. 매일 같은 자리에 무심한 듯 놓여 있는 사물이 사실은 당신을 계속 지켜보고 있었습니다. 애니메이션 〈토이스토리〉처럼 말이지요. 당신의 모습을 사물에 비춰보세요.

시계의 관점   방에 있는 시계는 당신이 의식하든 아니든 늘 당신을 보고 있었습니다. 시계의 관점에서 당신을 묘사해보세요. 시간은 5분입니다.

거울의 관점   당신은 매일 거울을 봅니다. 그리고 거울도 매일 당신을 보고 있지요. 거울의 관점에서 당신을 묘사해보세요. 거울은 당신을 어떻게 생각하고 있을까요? 3분입니다.

이불의 관점   매일 잠을 자는 침대나 이불의 관점에서 당신을 묘사해보세요. 당신은 이불 속에서 어떤 사람입니까? 3분입니다.

휴대폰의 관점   당신이 가장 가깝게 지내는 휴대폰은 당신을 어떻게 생각하고 있을까요? 그의 관점에서 본 당신은 어떤 사람인지 글로 써보세요. 5분입니다.

○ 다음의 빈칸을 채워보세요.

    ✦ 시계에 투사하고 있었던 내 생각은 _____ 이다.

    ✦ 거울에 투사한 내 생각은 _____ 이다.

    ✦ 이불에 투사한 내 생각은 _____ 이다.

    ✦ 휴대폰에 투사한 내 생각은 _____ 이다.

○ 그 외에도 당신 주위에 있는 모든 사물을 둘러보고 하나씩 골라서 그들의 관점으로 틈틈이 글쓰기를 해보세요. 글을 다 쓰고 나면 그 사물과 대화 글쓰기를 추가로 시도해도 좋습니다.

→

타자의 관점에서 나를 바라보는 작업에는 두 가지 의미가 있습니다. 첫째, 늘 같은 방식으로 협소하게 세상을 보던 나에게 새로운 관점, 더 나아가 정반대의 시야를 제공합니다. 내가 다른 사람의 눈에 비쳤을 때 이런 모습이었구나 하는 통찰을 갖게 하는 것이지요. 와우!

남의 관점으로 본다는 건 설정일 뿐 결국 내 생각 아니냐고 문제 제기할 수 있습니다. 이에 대한 답은 이렇습니다. 우리 내면에는 온 세상이 다 있습니다. 개발되지 않아서 잠자고 있을 뿐이지요. 다양한 외부 존재의 관점으로 자신을 바라보게 해서 외부 존재와 유사하지만 잠들어 있던 내면의 측면이 말하도록 하는 것입니다.

둘째, 그래서 타인의 관점에서 보기는 결국 투사 작업입니다. 무의식을 깨워 말하게 하려고 치료 작업에 적극적으로 활용하는 것이지요. 사람이든 사물이든 세상의 다양한 대상을 소환해 자신을 비춰보세요. 낯선 존재일수록 내면의 낯선 측면을 보여줄 겁니다. 물론 익숙한 존재도 복병처럼 내게 새로운 측면을 알려줄 수 있고요. 그러니 어떤 선입견이나 고정관념 없이, 순수한 마음으로 타인의 입장이 되어보세요.

133. 대화 글쓰기:
손가락 사람

약 22분 쓰기

○ 흰색 종이 위에 펼친 손을 대고 윤곽을 따라 선을 그어보세요. 그림을 가만히 들여다보면 각각의 손가락마다 느낌이 다르다는 걸 알 수 있습니다. 그 느낌에 따라 손가락들이 사람이라고 상상하면서 '손가락 사람'을 만들어보세요.

○ 손가락에 어떤 특성을 가진 사람을 부여했나요? 그 특성에 어울리는 이름을 지어주세요.

○ 각각의 손가락 사람에 말풍선을 달아서 그들이 할 만한 말을 적어보세요. 아래의 그림이 예입니다.

○ 당신의 손 모양으로 그린 손가락 사람은 당신 내면에 존재하는 다섯 가지 심리적 측면일 가능성이 큽니다. 다섯 명의 손가락 사람 중 한 명을 선택해 그와 인사를 나누고 대화 글쓰기를 시도하세요. 7분입니다.

○ 나머지 손가락 사람과도 매일 대화 글쓰기를 해보세요.

→

134. 대화 글쓰기: 친절한 당신

○ 사람들과 이야기할 때 당신은 누구보다 친절하고 상냥합니다. 혹은 맞장구 잘 치는 유쾌한 사람일 수도 있습니다. 그런데 혼자 남으면 알 수 없는 공허함이나 낭패감을 느낍니다. 나 또 과하게 괜찮은 사람을 연기했구나 하는 자괴감 때문입니다. 사람들을 만나면 유쾌해지고 호응 잘하는 친절한 당신은 누구인가요? 잠시 그의 모습을 상상해보세요. 그의 외모, 행동, 특유의 제스처, 표정 등을 간단하게 기록하세요.

○ 이제 그와 대화를 시작하세요. 상상이 잘 안 돼도 괜찮습니다. 그저 느낌만으로도 대화 글쓰기를 할 수 있습니다. 왜 그토록 열심히 호응하려 하는지, 원하는 게 뭔지, 뭐가 두려운지 물어보세요. 그밖에도 궁금한 점을 물어보세요. 자 이제 '안녕, 친절한 친구야'라고 시작하세요. 15분 동안 글을 쓰세요. 글을 다 쓴 후에는 그에게 대화에 응해줘서 고맙다고, 다음에도 또 만나자고 인사하세요.

○ 맞장구 잘 치는 그는 당신의 부분 인격입니다. 그도 당신의 생존을 위해서, 좋은 평가를 위해서 노력하는 것입니다. 그를 비웃거나 질책하지 말고 그의 이야기에 귀 기울여주세요.

→

마무리 글쓰기 | 글쓰기를 하면서 새롭게 알게 된 것은 무엇입니까? / 지금 당신의 기분은 어떤가요? / 어떤 감정을 느끼나요? / 글쓰기를 마친 자신을 위로하고 칭찬해주세요.

135. 대화 글쓰기: 은둔형 당신

약 15분 쓰기

○ 사람들과 친해지는 게 부담스러워 자꾸 벽을 만들지 않나요? 상대가 가까이 다가오면 퉁명스럽게 대하거나 혼자 있고 싶어 하지 않습니까? 인간관계에서 거리를 두고 싶어 하는 내면의 인격을 만나보세요. 어떤 모습을 하고 있나요? 그의 외모, 행동, 특유의 제스처, 표정 등을 간단하게 기록하세요.

○ 그와 대화를 시작하세요. 친밀함을 표현하기 어려워하고 자꾸 거리를 두고 싶어 하는 당신 내면의 인격이 사람이라고 생각하면서 대화 글쓰기를 시도하세요. '안녕, 친구야'라고 말을 건 뒤 시간을 두고 기다려주세요. 그리고 대화를 나누세요. 분위기가 무르익으면 누구보다 많은 말을 당신에게 해줄 것입니다. 그가 왜 성격의 전면으로 나오는지, 어린 시절의 어떤 경험과 관련돼 있는지, 그에게 어떻게 해주면 좋을지 물어보세요. 15분입니다. 글을 끝마치면 그에게 대화에 응해줘서 고맙다고, 다음에도 또 만나자고 인사하세요.

○ 친밀한 관계를 맺지 못하는 내면 인격과 여러 번 다시 만나서 글쓰기로 대화를 반복하세요. 그가 당신의 공감과 지지, 격려를 충분히 경험할 수 있도록 해주세요.

→

마무리 글쓰기 | 글쓰기를 하면서 새롭게 알게 된 것은 무엇입니까? / 지금 당신의 기분은 어떤가요? / 어떤 감정을 느끼나요? / 글쓰기를 마친 자신을 위로하고 칭찬해주세요.

136. 대화 글쓰기:
오늘 경험한 마음

20 분 쓰기

○ 대화 글쓰기가 익숙해졌다면 내면의 그 어떤 경험과도 대화를 시도할 수 있습니다. 특히 자신도 이해할 수 없는 내적 경험에 대해 물으면 굉장히 놀라운 통찰을 경험하게 됩니다. 아래의 예시처럼 오늘 하루 당신이 경험한 생각이나 감정 중에서 기억나는 것을 10분간 적어보세요.

- 출근하려고 아침에 눈을 뜨면 죽고 싶다는 생각이 불쑥 올라온다.
- 아침밥을 차려주는 엄마의 무표정에 늘 눈치를 본다.
- 지하철을 싫어해서 꼭 버스를 탄다. 지각할 위험을 감수하고서라도.
- 틈만 나면 자기 얘기를 푸념 섞어 떠드는 동료를 싫어한다.
  나르시시스트 같다.
- 책상 위 물건들이 제자리에 가지런하게 있는지 본다. 물건이 삐뚤어져
  놓여 있는 게 정말 싫다.
- 퇴근 시간이 다가오면 누군가 만나 술 마시며 수다 떨고 싶다는 생각에
  휴대폰을 만지작거린다.

○ 죽고 싶다는 생각, 엄마의 눈치를 보는 위축된 감정, 지하철을 싫어하는 마음, 그리고 나르시시스트에 대한 미움, 삐뚤어진 걸 싫어하는 성격, 술 마시며 수다 떨고 싶은 마음 등 목록에 있는 당신의 특성들과 대화 글쓰기를 시도해보세요. 다 안다고 생각하더라도 글쓰기를 해보면 의외의 알아차림이 있을 겁니다. 각각 10분씩이며, 하루에 한두 개씩 시도해보세요.

→

137. 대화 글쓰기: 인생의 패턴

○ 당신이 시달리고 있는 고질적인 문제를 떠올려보세요. 자꾸 반복되는 감정이나 생각 또는 인간관계가 있나요? 그 무엇이든 내 인생에서 반복되는 게 있다면 아래 예시처럼 목록으로 정리해보세요. 시간은 10분입니다.

- 시험과 같은 긴장된 감정을 느끼면 자꾸 먹을 것을 찾게 된다.
- 너무 해맑은 사람들을 보면 이상하게 마음이 불편하다.
- 나이 차이가 많이 나는 연상의 이성에게 끌린다.
- 해질녘이 되면 마음이 너무 외로워진다.
- 사람들과 있을 때 나는 매우 유쾌해지고 주목받고 싶지만 집에 돌아오면 공허함에 시달린다.
- 봄에 꽃이 흐드러지게 피면 슬퍼진다.

○ 목록의 내용을 눈으로 읽어보세요. 당신이 경험하는 패턴에 어떤 공통점이 보입니까? 주로 인간관계에서 일어나는지, 더 구체적으로는 사회적 관계인지 아니면 가족관계에서 일어나는지 생각해보세요. 아니면 특정 감정이 자꾸 반복될 수 있고, 특정 생각이 반복될 수도 있습니다. 그 무엇이든 목록 전체에서 발견되는 대체적인 공통점을 찾아보세요.

○ 패턴 목록에서 하나를 골라 그 패턴에 이름을 붙여보세요. 공허, 맞장구, 해질녘, 외로움 등 이름을 붙였다면 그 패턴과 대화 글쓰기를 해보세요. 20분입니다.

○ 같은 방법으로 각각의 패턴과 매일 하나씩 대화 글쓰기를 시도해보세요. 패턴의 기원을 이해할 수도 있고, 또 그 패턴에서 벗어나려면 어떻게 해야 하는지 해답을 얻을 수도 있습니다.

→

138.　대화 글쓰기: 내 뜻대로 안 되는 나의 마음

약 22분 쓰기

○ 인생을 살수록 내 마음대로 되지 않는 나를 경험하게 됩니다. 내가 나의 최대의 적이 되는 것이지요. 같은 잘못을 절대 반복하지 말아야지 결심 또 결심하지만 번번이 반복하는 나의 습관, 감정, 태도, 생각 등이 있나요? 다섯 개 이상 목록으로 작성해보세요. 이후에도 또 생각난다면 이 목록에 추가해주세요.

○ 당신이 작성한 목록에서 어떤 유사점이 발견되는지 찾아보세요. 대체로 어떤 영역의 것들입니까? 부정적인 감정의 문제였나요? 게으름이나 식습관이 문제입니까? 인간관계에서 불화가 있었나요? 자신감의 문제입니까?

○ 위에 작성한 문제들에 시달렸을 자신을 위로할 차례입니다. 많이 힘들었겠다고, 고생했다고, 네가 안쓰럽다고 자신을 다독이는 글을 써보세요. 시간은 2분입니다.

○ 위에 작성한 목록에서 하나를 골라 적당한 별칭을 붙여주세요. 그리고 마치 사람인 것처럼 그와 대화해보세요. 그에게 가르치거나 하소연하거나 야단치지 말고 그의 입장을 충분히 들어주세요. 그동안 무엇을 경험했는지, 어떤 심정인지, 왜 그런 식으로 해야 했는지, 당신에게 원하는 게 무엇인지, 어떻게 해결하길 원하는지 물

어보고 그의 답도 들어보세요. 대화기법 글쓰기가 익숙해질수록 내면의 부분 인격은 당신이 모르고 있던 놀라운 이야기를 해줄 것입니다. 시간은 15분입니다.

> 나: 안녕, 늘보. 이렇게 만나는 건 처음이지?
>
> 늘보(게으름): … 왜?
>
> 나: 너랑 대화를 해보고 싶어서… 너 지금 나랑 대화하는 게
>   귀찮은가 보다?
>
> 늘보: 아 몰라… 뭔데? 뭘 알고 싶은데?
>
> 나: 뭘 알고 싶다기보다 친해지고 싶어. 너 지금 피곤한가 보다.
>   완전히 늘어져 있네.
>
> 늘보: 아 몰라… 그냥 꼼짝하기가 싫어.

○ 마음이 내킬 때마다 목록에 작성한 특성을 하나씩 골라 위 예시처럼 대화 글쓰기를 시도하세요. 더 이해하고 싶은 중요한 특성이 있다면 글쓰기를 여러 차례 반복해도 좋습니다.

→

139. 대화 글쓰기: 지킬 박사와 하이드처럼

20 분 쓰 기

○ 로버트 루이스 스티븐슨의 《지킬 박사와 하이드》는 아주 잘 알려진 소설입니다. 지킬 박사는 사회적으로 존경받는 유능한 학자입니다. 그러나 그가 밤이 되면 전혀 다른 악한 본성의 인격으로 변합니다. 심리학적으로 설명한다면 하이드는 지킬 박사가 수용하지 못해 점점 더 힘이 강해진 그림자 인격입니다. 만약 당신이 하이드라면 밤마다 어떤 일을 하고 다닐까요? 무슨 생각을 할까요? 떠오르는 대로 자유롭게 10분 동안 써주세요. 조금 과장해서 소설처럼 써도 좋습니다.

○ 이제 당신 내면의 하이드와 대화를 시도해보세요. 호기심을 가지고 궁금한 것이라면 그 무엇이든 자유롭게 물어보세요. 시간은 10분입니다.

→

익숙하지 않은 낯선 내면과 만났을 때 그를 이해할 수 있는 가장 효과적인 방법은 직접 묻는 것입니다. "너 누구니?" 마치 시나리오처럼 묻고 또 상대 입장이 되어 답을 쓰세요.

대화 글쓰기를 망치는 세 가지 태도가 있습니다. 첫째, 상대가 어떠할 것이라는 선입견과 고정관념, 둘째, 대화 상대에 대해 옳고 그르다, 좋아하고 싫어한다는 판단, 셋째, 내면 인격의 이야기는 듣지 않고 자기주장과 자기 하소연으로 일관하는 것입니다. 그러면 대화가 중단되거나 뻔한 이야기만 쓰게 됩니다. 무의식이 아니라 자아의식(에고)이 무의식인 체 자문자답하는 것이지요. 가능한 상대에게 호의와 호기심을 가지고 최대한 많이 물어보세요. 모호하고 추상적인 질문보다 구체적이고 현실적인 문제를 질문해서 도움을 받으세요.

희망이
필요할 때

PART 11

인간의 내면에는 어두운 측면도 있지만
밝은 빛도 있습니다.
의식 성장의 여정은 어둡고 긴 밤을 지나
궁극적인 빛을 향해 가려는 과정으로
이루어져 있어요.
어두운 밤바다 여행은 길고 위험해서
종종 빛이 필요합니다.
당신이 원한다면 온기를 주고,
길을 비쳐줄 작은 등불을
만날 수 있을 거예요.
여행의 묘미는 이런 것입니다.
작은 빛을 발견할 때마다
자신이 가는 길에 대해 확신하게 되고,
또 희망으로 가득 차게 되는 거지요.

그 빛들을 만날 수 있는 글쓰기는 다음과 같습니다. 그동안 우리가 외면했던 것들에 대해 쓰는 거예요. 예를 들어 아주 사소하고 일상적인 것들, 그림자에 몰두하느라 외면했던 당신의 강점과 장점들, 그리고 미로에서 잃어버렸던 삶의 가치, 내면의 지혜 등이 그것입니다.

이 파트는 삶의 방향을 잃지 않으려고 할 때, 용기를 얻고 싶을 때 작업해보면 좋습니다. 하지만 이전의 내용을 50% 이상 작업한 후에 시작했으면 하는 게 저의 바람입니다. 심리적인 훈련이 어느 정도 된 후에야 희망에 대해 진지하게 실감할 수 있기 때문입니다.

파트 10까지 대부분의 글쓰기 작업을 마친 분이라면, 환대하는 마음으로 깊게 안아드리고 싶습니다. 정말 장하다고, 여기까지 잘 오셨다고, 이제 희망을 말할 때가 됐다고 말하면서요. 환영합니다.

140.   자원 찾기

약 10분 쓰기

○ 삶이 고통으로 점철됐다고 느낄 때, 두려움에 떨 때, 그리고 마음 공부의 여정에서 위험한 지점을 지날 때 힘을 주는 자원을 찾아 마음으로 함께하면 안전감과 안정감을 느낄 수 있습니다. 다음의 빈칸을 채우세요. 대상을 고를 때 당신보다 어리거나 약한 존재는 제외하세요.

✦ 내가 좋아하는 야생의 동물은 ＿＿＿＿＿＿＿＿＿ 이다.

  그것은 ＿＿＿＿＿＿＿＿＿ 한 힘을 가지고 있다.

✦ 떠올리면 기분 좋아지는 것은 ＿＿＿＿＿＿＿＿＿ 이다.

✦ 내게 힘이 되어주는 이미지는 ＿＿＿＿＿＿＿＿＿ 이다.

✦ 그 이미지가 힘이 되는 이유는 ＿＿＿＿＿＿＿＿ 때문이다.

✦ 나의 든든한 의지처가 되어주는 것은 ＿＿＿＿＿＿＿ 이다.

○ 위의 여러 자원 중에서 당신이 주로 떠올리고 싶은 자원은 무엇일까요? 왜 그런지 자유롭게 써보세요. 시간은 7분입니다.

→

141.   칭찬 목록

○ 타인에게서 들었던 칭찬이나 감사 표현이 얼마나 됩니까? 감사해요, 도움이 됐어요, 표정이 밝네요, 감각 있어요, 잘 어울리네요, 똑똑하군요, 친절하네요, 좋은 직장에 다니네요, 공부를 잘하네요, 성실하군요 등등 많은 사람에게서 칭찬을 듣고 있을 겁니다. 형식적인 말일지라도 당신이 나쁜 일을 했다면 들을 수 없는 말입니다. 당신이 자주 듣는 좋은 말을 목록으로 적어보세요.

○ 작성한 목록을 보면서 당신이 상대의 칭찬을 얼마나 진실로 받아들이고 기쁘게 음미하며 사는지 돌아보세요. 아마 대부분은 '아, 아니에요.' '그렇지 않아요' 하는 식으로 무심히 흘려버렸을 겁니다. 오늘은 그 칭찬들을 모두 당신의 것으로 가져오세요. 들을 만한 칭찬을 들었으며, 칭찬받을 만한 삶을 사는 자신을 기쁘게 여겨주세요. 그리고 '세상이 내게 보내는 칭찬을 기쁘게 받아들일 거야'라는 말로 시작하는 글을 써보세요. 시간은 7분입니다.

○ 당신이 가장 좋아하는 칭찬이나 듣고 싶은 칭찬은 무엇입니까? 글쓰기로 자신에게 그 칭찬을 해주세요. 시간은 3분입니다.

→

마무리 글쓰기 | 글쓰기를 하면서 새롭게 알게 된 것은 무엇입니까? / 지금 당신의 기분은 어떤가요? / 어떤 감정을 느끼나요? / 글쓰기를 마친 자신을 위로하고 칭찬해주세요.

142. 너의 관심 따윈 필요 없어

○ 혹시 주위의 누군가로 인해 고통받고 있습니까? 그의 비난, 간섭, 무시, 무관심, 통제 등으로 상처 입고 힘들어하나요? 우리는 아이러니하게도 자신을 괴롭히는 사람에게 매달려 에너지를 소모합니다. 그와의 관계가 개선되기를 바라면서 말이지요. 그런데 나를 괴롭히는 상대 때문에 전전긍긍하며 고통받는 건 괴롭힘당할 이유가 내게 있다는 무의식적인 동의 때문이라고 합니다.

마리사 피어는 이렇게 말합니다. "나를 괴롭히는 사람에게 '나를 좋아해줘' 같은 의미의 말이나 행동을 해서는 안 된다. 대신 '내 자신이 나를 좋아하니까 당신이 날 좋아할 필요는 없다'는 태도를 가져야 한다"라고요.

당신을 고통스럽게 하는 사람에게 더 이상 어떤 동의의 힘도 보내지 마세요. 그 앞에서 당당하게 할말을 하는 모습을 상상하면서, 하고 싶은 말을 써보세요. 당신에게 내 평가를 들을 필요 없으니 신경 끄라고, 나를 챙기는 건 내가 알아서 하겠다고 말이지요. 시간은 10분입니다.

→

143. 현실이 되는
소망 목록

○ 1950~1980년대에 하버드대와 예일대에서 재미있는 연구를 진행했습니다. 하버드대의 MBA 졸업생 중에서 자신의 미래 목표를 글로 적어둔 사람은 3% 정도였다고 하는데요. 10년 후 이들의 수입을 조사했더니, 이 3%가 벌어들인 수입이 나머지 졸업생 97%의 수입을 모두 합친 것보다 열 배나 많았다고 합니다. 예일대도 비슷한 결과가 나왔습니다. 이 연구는 글로 쓰는 것의 중요성을 이야기합니다. 목표와 계획을 글로 작성하면 무의식에 각인시키는 결과를 낳는다고 말이지요.

당신도 이루고 싶은 것을 글로 써보세요. 소망 목록 작성할 때 두 가지를 기억하세요. 첫째, 구체적으로 쓰세요. '부자가 됐으면 좋겠다'가 아니라 '월급이 20프로 인상됐으면 좋겠다'라고 말이지요. 둘째, 부정적인 일이 끝나기를 바라기보다 긍정적인 일이 더 많아지기를 바라세요. 이를테면 '엄마의 잔소리가 끝났으면 좋겠어'가 아니라 '엄마가 나를 더 잘 이해하게 됐으면 좋겠어' 하는 식으로요.

자, 여러분도 진지한 마음으로 다섯 개의 소망을 적어보세요. 그리고 각각의 소망 옆에 이것이 이루어졌을 경우 삶이 어떻게 변화할지 써보세요. 각 3분입니다.

→

마무리 글쓰기 | 글쓰기를 하면서 새롭게 알게 된 것은 무엇입니까? / 지금 당신의 기분은 어떤가요? / 어떤 감정을 느끼나요? / 글쓰기를 마친 자신을 위로하고 칭찬해주세요.

가치 찾기:
나의 가치는

○ 인간은 저마다 추구하는 가치가 있다고 합니다. 마치 타고난 기질처럼 가치도 존재 안에 내장돼 있으며, 우리는 자신도 모르는 새 어떤 가치를 추구하며 살아갑니다. 친밀함, 성취, 탁월함, 창의성, 모험 등이 그 예가 될 수 있습니다.

이제 당신이 추구하는 가치가 무엇인지 의식화해볼 시간입니다. 당신은 어떤 가치를 품고 태어난 사람입니까? 매일매일 어디를 향해 가나요? 이 사실을 분명히 의식하게 되면 당신의 삶은 보다 안정되고 확신에 찰 것입니다.

아래 가치 중에서 마음이 끌리는 단어를 10개만 골라보세요. 만약 당신이 추구하는 게 없다면 당신에게 맞는 단어를 추가해도 좋습니다.

감사 신체적 건강 겸손 경건함 경청 고귀함 공감 공정함 공존 교류 교육 관용 관찰 균형 긍정성 끈기 기쁨 깨어 있기 노동 느끼기 능동성 리더십 매력 모험 목표의식 명예 믿음 배려 배움 봉사 북돋움 분별력 빛남 사랑 신중함 사명 상상력 성실 성찰 소박함 소통 승리 신념 신성함 아름다움 양육 열정 영성 영향력 예의 용기 우정 유능함 이해 인내 인정 자기 사랑 자유 자제력 재미 전문성 정의로움 정직 존중 지혜 진실함 진취성 집중 창조성 책임감 최고 친절 탁월함 통합 평화 함께함 희망

○ 열 개를 골랐다면 그중에서 5개를 버리고 5개만 남기세요. 선택의 기준은 당신이 과거에도 지금도 가장 중요하게 생각하는 것, 삶에서 가장 우선하는 것, 또는 가장 자연스럽고 편안하게 추구하게 되는 것입니다.

○ 다섯 개의 가치 중에서 최종적으로 하나의 가치만 선택해주세요. 당신이 과거에도, 지금도 가장 중요하게 생각하는 것, 삶에서 가장 우선순위가 되는 것, 또는 그 단어를 떠올릴 때 편안함이 느껴지는 것을 고르세요.

○ '반갑다. 가치야'라는 말로 시작하는 글을 써보세요. 시간은 5분입니다.

→

145. 가치 찾기: 영역별로 찾기

약 25분 쓰기

○ 이번에는 가치를 삶의 영역별로 나누어 생각해보겠습니다. ① 혼자일 때, ② 친구와 연인 등 사적인 관계에서, ③ 가족과 친척 공동체에서, ④ 직장과 단체 활동 등 사회 활동을 할 때, ⑤ 자기계발의 다섯 영역에서 당신은 어떤 가치를 추구하는지 적어보세요. 예를 들면 아래와 같습니다. 만약 다섯 영역이 당신에게 맞지 않다면 줄이거나 추가할 수 있습니다.

- 혼자일 때: 평화로움, 자유로움, 의식 성장…
- 사적인 관계에서: 감정의 교류, 보살핌, 따뜻함, 인정…
- 가족과 친척 공동체: 도움을 주고받음, 함께함, 교육, 양육…
- 직장과 단체 활동 등의 사회 활동: 성실함, 유능함, 전문성, 함께함…
- 자기계발: 배움, 전문성, 의식의 성장, 영성, 성찰…

○ 혼자일 때 추구하는 가치는 무엇인가요? 선택한 가치를 중심으로 자유롭게 글을 써보세요. 그 가치에 대해 어떻게 생각하는지, 일상에서 어떤 방식으로 실현되고 있는지 등을 씀으로써 선택한 가치를 보다 구체화할 수 있습니다. 10분 동안 쓰세요.
각 영역의 가치를 하루에 하나씩 글로 써보는 것도 좋습니다.

○ 다섯 영역을 관통하는 하나의 가치를 찾아보세요. 이를테면 사랑의 실현, 교감, 존중 등으로 말입니다. 그 가치를 중심으로 자유롭게 글을 쓰세요. 시간은 7분입니다.

→

146. 가치 찾기: 실현하기

약 30분 쓰기

○ 이제 도전의 시간입니다. 추구하는 가치를 알았다 하더라도 현실에서 실천하지 않으면 아무 의미가 없습니다. 실천을 통해 가치를 실현하는 일은 어찌 보면 가치를 아는 일보다 더 중요합니다. 앞에서(145) 작성한 가치를 당신의 삶에서 어떻게 실현할지 구체적인 실천 계획을 세워보세요. 각 가치마다 3~4개의 실천 사항과 예상되는 어려움, 대처 방법 등을 생각해보세요. 실천 사항은 구체적이고 세부적일수록 좋습니다. 예를 들면 아래와 같습니다.

1. 영역: 가족과 친척 공동체

2. 추구하는 가치: 친밀감

3. 실천 사항:

　① 아이들에게 훈계하는 것을 70% 줄이겠다.

　② 정서 표현을 도와주는 프로그램을 찾아서 참가하겠다.

　③ 3개월 이내에 남편과 남해 여행을 다녀오겠다.

4. 예상되는 어려움과 대처 방법

　① 아이들이 나의 노력을 이해하거나 믿으려 하지 않을 수 있다.

　　→ 아이들의 반응에 조급해하지 않고 향후 1년을 기다리겠다.

　② 내가 자꾸 실수할 수 있다.

　　→ 나도 쉽게 변하지 않을 것이기 때문에 실수하거나 게을러질 수 있다. 그래도 포기하지 않고 다시 시작하겠다.

○ 각오를 다지는 글을 써보세요. 3분입니다.

○ 당신이 글쓰기한 내용을 카드나 엽서에 옮겨서 책상 위, 서랍, 가방 속에 넣어두고 수시로 보면 더 효과적입니다.

→

147. 신은 디테일 안에 있다

약 15분 쓰기

○ 이제까지 주목하지 않았던 일상의 작은 일에 관심을 가져보세요. 아침부터 저녁까지 당신이 하는 아주 사소한 일을 10가지만 목록으로 써보세요. 예를 들면 아래와 같습니다.

- 알람 소리에 깨어나 발밑에 놓인 휴대폰을 흐린 시야로 더듬어 찾아 벨소리를 끈다.
- 왼편에 놓인 안경을 오른손으로 더듬어 찾아 낀다.
- 양치질을 하기 위해 얼마 남지 않은 치약을 칫솔로 밀어 올리면서 짜낸다.
- 우리 집 강아지 ○○를 부르면 내 품으로 달려든다.
- 출근길, 넓은 지름길을 외면하고 골목길로 돌아 지하철역까지 걸어간다.

○ 목록에서 한 문장을 골라 자유롭게 글을 써보세요. 평소보다 더 구체적으로 쓰면 좋습니다. 치약의 종류, 아침에 마시는 커피의 향, 당신이 타는 버스 번호 등등. 10분 동안 써보세요.

→

148. 일상의 작은 행복: 숨은 행복 찾기

20분쓰기

○ 당신의 일상에 수많은 행복이 숨어 있습니다. 너무나 사소해서 눈에 띄지 않았던 행복을 찾아보세요. 아침에 이불 속에서 기지개를 켤 때, 커피를 마실 때, 새벽에 모닝페이지 쓸 때, 동네 천변을 따라 산책할 때, 강아지가 고개를 갸우뚱하며 나를 쳐다볼 때, 휴일에 아무것도 안 하고 빈둥거릴 때 등등. 당신의 일상을 샅샅이 뒤져 좋았던 짧은 순간을 목록으로 기록해보세요. 매일 10개씩 써보세요.

○ 작업한 목록을 읽어보세요. 대체로 어떨 때 '좋다'고 느끼나요? 이를테면 손으로 뭔가를 만들 때, 요리할 때, 자연 풍경을 볼 때, 가족들과 있을 때, 사람들과 함께 일할 때 행복하다 등입니다.
예전엔 단순히 그 상황에 몰두해 있었다면 이 작업을 통해 자신의 느낌을 알아차릴 수 있게 됩니다. '나는 지금 좋아하는 일을 한다, 그래서 굉장히 행복감을 느낀다'고 말입니다. 이 사실을 알아차리면 일상의 풍요로움이 배가될 것입니다.

○ '나는 주로 ＿＿＿＿＿＿ 할 때 행복하다'라는 문장으로 시작하는 글을 써보세요. 시간은 15분입니다.

→

 마무리 | 글쓰기를 하면서 새롭게 알게 된 것은 무엇입니까? / 지금 당신의 기분은 어떤가요?
글쓰기 | 어떤 감정을 느끼나요? / 글쓰기를 마친 자신을 위로하고 칭찬해주세요.

149.   미래에서 온 편지

○ 다음의 내용을 상상해보세요.

오랜 시간이 흐른 후 아주 많은 삶의 경험을 거친 당신은 지혜로운 노인이 되어 편안하고 행복한 하루하루를 보내고 있습니다. 상상 속의 당신은 몇 살인가요? 아침에 눈을 떠서 잠자리에 드는 밤까지 어떤 곳에서 무슨 일을 하며 시간을 보내고 있나요? 글로 묘사해보세요. 시간은 10분입니다.

○ 글을 다 썼다면 아래의 문장을 완성하세요.

✦ 그 행복한 장면 속에서 나는 _____ 살입니다.

✦ 그 행복한 장면 속에서 나의 외모는 _____

한 모습입니다.

✦ 그 장면 속에서 나는 _____ 을/를 하며 하루를

보내고 있습니다.

○ 자유롭고 행복한 노년의 삶을 보내는 미래의 당신이 어느 날 현재의 당신에게 편지를 씁니다. 그 편지에는 따뜻한 지지와 격려, 그리고 지혜로운 통찰이 담겨 있습니다. 미래의 당신이 된 심정으로 지금의 당신에게 편지를 써보세요. 미래의 내가 편지를 쓰는 곳은 어디일까요? 나는 어떤 표정을 짓고 있나요? 편지 쓰는 상황을 구체

적으로 상상하면서 글을 쓴다면 편지의 내용이 더 실감날 거예요.
시간은 12분입니다.

○ 편지를 다 썼다면 발신인 이름(미래의 당신)과 미래의 날짜도 적
어보세요. 추신을 덧붙여도 좋습니다.

○ 예쁜 편지지나 엽서에 글을 쓰고 편지 봉투에 넣어두었다가 일
년에 한 번씩 읽어보세요. 당신에게 힘과 위로를 줄 거예요.

→

미래에서 온 편지를 쓸 때면 저는 참여자들에게 최대한 많은 나이의 자신을 상상하라고 요구합니다. 그런데 사람들은 나이가 많아지는 걸 싫어하는 것 같아요. 다들 고개를 저으며 너무 오래 살고 싶지 않다고 말합니다. 아니요, 당신은 다를 거예요. 당신은 지금처럼 마음 공부를 계속할 테니 나이들수록 지혜도 깊어질 거예요. 지혜가 많아지면 지지하고 치유하는 힘이 커지고 종국에는 신령스러워질 수도 있다고 사람들을 유혹합니다.

가능한 나이가 많은 당신을 상상하세요. 나이가 많지만 건강한 모습으로 자유롭게 살아가는 당신을요. 사실은 현재와 시간적 거리가 멀어질수록 무의식의 언어일 가능성이 커진답니다.

그리고 누가 알겠어요? 글로 쓴 대로 이루어질지도 모르는 일이잖아요.

150. 시 필사하기

○ 도종환 시인의 〈별 하나〉는 슬픔과 따뜻한 위로가 한 짝으로 있습니다. 따뜻함은 원래 슬픔과 짝인지도 모르겠습니다. 이 시를 필사하면서 느껴지는 감정을 충분히 경험해보세요.

별 하나

도종환

흐린 차창 밖으로 별 하나가 따라온다
참 오래되었다 저 별이 내 주위를 맴돈 지
돌아보면 문득 저 별이 있다
내가 별을 떠날 때가 있어도
별은 나를 떠나지 않는다
나도 누군가에게 저 별처럼 있고 싶다

상처받고 돌아오는 밤길
돌아보면 문득 거기 있는 별 하나
괜찮다고 나는 네 편이라고
이마를 씻어주는 별 하나
이만치의 거리에서 손 흔들어주는
따뜻한 눈빛으로 있고 싶다

○ 이 시를 읽으면서 어떤 감정을 느꼈나요? 당신이 느낀 감정에 대해 3분 동안 글을 써보세요.

○ 위 시에서 마음에 드는 문장이나 단어는 무엇입니까? 왜 그런가요? 3분 동안 글을 써보세요.

○ 당신에게 '별'은 누구이고 무엇입니까? 이에 대해 글을 써보세요. 10분입니다.

○ 당신은 누구의 별이 되고 싶습니까? 5분 동안 글로 써보세요.

→

151.   파랑새가 하는 말

○ 아래의 글은 한 사람의 꿈 내용입니다. 이 글을 천천히 음미하면서 읽어보세요.

나는 먼지투성이인 길가에서 뭔가를 기다리고 있는 중이다. 한 노인이 내 왼편의 길 아래 먼 곳으로부터 나를 향해 오고 있는 모습이 보인다. 그는 무거운 짐을 등에 지고 있다. 그가 내가 기다리고 있던 곳에 도착하자 나는 길로 들어서서 그와 함께 걷는다. 길은 숲으로 이어져 있다. 숲속 깊이 들어서자 작은 다람쥐가 우리 쪽으로 쏜살같이 달려오는 모습이 보인다. 노인은 그 다람쥐를 붙잡아서 배를 가른 다음 그 안에서 뭔가를 제거한다. 그게 무엇인지는 보이지 않지만 노인은 외과의사만큼이나 분명한 손놀림으로 상처를 재빨리 봉합한다. 그런 다음 노인은 다람쥐를 풀어준다.

우리는 다시 숲속 길을 지나간다. 해가 지기 시작할 때 우리는 초가지붕을 얹은 작은 집을 발견하고 들어간다. 하얀 수염을 길게 기른 나이가 아주 많은 한 노인이 작은 집의 한 방에 앉아 있다. 그는 커다란 냄비가 걸려 있는 벽난로 앞에 앉아 있다. 내 길동무는 가방을 열어 아까 다람쥐에게서 제거했던 물체를 꺼낸다. 그는 그것을 마법사처럼 보이는 나이 많은 노인에게 건넨다. 늙은 마법사는 그것을 자신의 검은색 냄비 안으로 던져 넣는다. 잠시 후에 그것은 파랑새로 변하여 냄비에서 날아오른다. 파랑새는 내 길동무에게로 날아오고 그는 파랑새를 내 어깨 위에 놓는다. 그런 다음 그는 나를 다시 길로 이끌고 가

더니 사라져 버린다. 나는 길을 몰라서 혼자서 다시 길을 가야 할지 잠시 머뭇거린다. 하지만 작은 파랑새가 수시로 앞으로 날아갔다가 다시 돌아왔다 하면서 내게 가야 할 길을 알려준다.

○ 우리가 밤마다 꾸는 꿈은 무의식의 언어, 즉 상징으로 이루어져 있습니다. 위의 글에 등장하는 각각의 모티프(노인과 무거운 등짐, 다람쥐, 숲속 길 등)가 무엇을 상징하는지 그 의미를 적어보세요. 정답은 없습니다. 당신이 생각하는 바를 자유롭게 떠올리면 됩니다. 일종의 꿈 투사 작업이라고 할 수 있습니다.

○ 위에서 당신이 투사한 내용으로 꿈 이야기를 새롭게 고쳐 쓰세요. 시간은 10분입니다.

○ 다 썼다면 당신이 쓴 글을 가만히 읽어보세요. 타인의 꿈에 투사한 당신의 내면은 무엇입니까?

○ 제시한 꿈 이야기의 마지막에 파랑새가 등장하지요. 이 파랑새가 당신에게 뭔가를 이야기해준다고 상상해보세요. 파랑새는 당신에게 무슨 말을 할까요? 파랑새가 하는 말을 글로 써보세요. 시간은 7분입니다.

→

152. 내면의 지혜에게 묻기

17분 쓰기

○ '내면가족체계이론'은 우리의 심리적 내면이 수많은 인격으로 구성돼 있다고 이야기합니다. 우리 안에는 상처 입은 인격도 있지만 지혜로운 인격도 존재합니다. 대부분 내면의 불편한 문제에 집중하느라 지혜로운 인격을 외면했지만요.

오늘은 지혜로운 인격을 불러내 그의 조언을 들어볼 겁니다. 지혜로운 사람일수록 비난하고 지적하지 않으면서 우리에게 많은 통찰을 줍니다. 지지하고 격려하면서 삶의 관점을 넓혀주지요. 그에게 당신의 고민을 털어놓고 지혜로운 내면의 의견을 들어보세요.

먼저 당신의 고민은 무엇입니까? 그 어떤 고민이라도 좋습니다. 선택의 갈림길에 서 있거나 누군가와 갈등이 있을 수도 있고, 원하는 일이 내 마음대로 되지 않아서 괴로움에 빠져 있을 수도 있습니다. 그 어떤 고민이라도 털어놓으세요. 시간은 7분입니다.

○ 당신의 고민을 주의 깊게 들은 내면의 지혜가 따뜻한 조언을 해줍니다. 내면의 지혜가 되어 고민에 대한 답을 써보세요. 시간은 10분입니다.

→

153. 만트라 만들기

○ 만트라는 산스크리트어로 기도나 명상을 할 때 외우는 주문을 의미합니다. 당신 자신에게 늘 되뇌어줄 만트라를 만들어보세요. 행복을 기원하는 만트라, 힘을 주는 만트라, 늘 깨어 있도록 하는 만트라 등 사람마다 제각기 다른 만트라를 원할 것입니다.

당신은 어떤 만트라를 원하나요? 아래의 예를 참고해서 일상에서 쉽게 암송할 수 있는 당신만의 만트라를 만들어보세요.

- 나는 안전하고 언제나 보호받는다.
- 내 몸을 사랑하고 몸의 지혜를 믿는다.
- 나는 지금 여기에 존재한다.
- 나는 사랑받을 가치가 있다.
- 창조성이 나를 통해 흐른다.

○ 당신만의 만트라를 카드나 엽서에 옮겨 잘 보이는 곳에 붙이거나 가방 속에 넣어두고 종종 꺼내보세요.

→

마무리 글쓰기

당신 자신에게
배우는 멋진 시간

이제까지 수고하셨습니다. 오랜 글쓰기 작업 끝에 이곳까지 오게 된 당신에게 무한한 칭찬의 박수를 보냅니다.

이제 당신이 쓴 글을 모두 읽어보는 일만 남았습니다. 일주일에 걸쳐 매일 조금씩 당신이 쓴 글을 읽어보세요. 장담하건대 놀랍고 감동적인 작업이 될 거예요. 내가 이렇게 멋진 글을 썼다니! 내게 이런 지혜가 있었다니! 하면서 스스로에게 감탄할 테니까요. 그러므로 마무리 작업은 당신이 당신 자신에게 배우는 멋진 시간이 될 것입니다.

처음부터 다시 읽기。

쉽지 않은 글쓰기 여정을 마친 당신, 느긋한 마음으로 이제까지 쓴 글을 읽어볼 차례입니다. 처음 글을 쓰기 시작한 날로부터 얼마나 시간이 흘렀나요? 6개월? 또는 1년? 그보다 더 긴 시간이 필요했을 수도 있지요. 그동안 당신의 마음도 많이 변했을 겁니다. 흘러간 과거의 자신을 추억하며 글을 읽어보세요. 글쓰기를 시작한 처음부터 시간순으로 읽어나가면 좋습니다. 마음의 변화 과정을 알 수 있을 테니까요.

매일 조금씩 나눠 읽으세요. 하루에 한 시간 이내면 좋겠습니다. 그렇게 7~10일 정도 진행하세요. 많은 양을 한꺼번에 읽으면 집중력이 떨어져 감동이 사라지니까요.

참! 이 시간을 더 행복하게 누리려면 글 읽는 공간을 예쁘게 꾸며보세요. 촛불 하나, 작은 꽃 한 송이가 있는 것도 좋겠고, 예쁜 그림을 세워두는 것도 좋겠습니다. 마음이 새로워질 거예요.

밑줄 치기。

읽다가 기억하고 싶은 부분을 발견하면 밑줄을 치세요. 포스트잇으로 페이지를 표시해두면 나중에 옮겨쓸 때 유용합니다. 마음 찡한 이야기, 잊고 싶지 않은 이야기, 감동적인 문장을 보면 충분히 즐기면서 읽으세요.

"오, 신이시여~ 이런 멋진 글을 분명 제가 썼단 말입니까?" 하면서요.

02

덧붙이기.

과거에 작업했던 글 옆에 지금의 생각을 메모해도 좋습니다. 크게든 미묘하게든 과거와 달라진 당신의 생각을 새롭게 써보는 것이지요. 다만 과거에 쓴 글을 비하하지 않았으면 좋겠습니다. 그때도 나름의 방식으로 최선을 다했다는 사실을 잊지 마세요.

"이런 고민을 하고 있었구나. 지금은 까마득하다. 그때 정말 힘들었겠다. 완전!! 지금의 내가 너에게 갈 수 있다면 널 힘껏 위로해 줄 텐데…"

"지금은 생각이 달라. 더 이상 내가 할 수 있는 게 없다고 생각하지 않아. 이 글을 쓴 후 그에게 찾아가 말했고 상황이 달라졌어. 니가 이 사실을 알았으면 좋겠다."

03

어록 만들기。

우리는 다른 사람이 쓴 좋은 문장은 밑줄 그어 블로그나 SNS에 소개하고 저장하면서 정작 자신이 쓴 글에 대해서는 그렇게 하지 않습니다. 이번엔 당신의 글을 기억해주세요. 자신의 글에서 밑줄 그어 표시해둔 문장을 따로 옮겨 적어 당신만의 어록을 만들어보세요.

04

문장 완성하기.

당신의 글을 모두 읽었습니까? 그 또한 수고했습니다. 이제 글에 대한 전반적인 느낌과 생각을 정리하는 시간입니다. 아래의 문장을 완성하세요.

- 글쓰기를 하는 동안 내가 주로 고민했던 문제는

  _____

- 글쓰기를 하는 동안 새롭게 알게 된 것은

  _____

- 글쓰기가 내게 선물한 것은 _____

- 이번 글쓰기를 하나의 키워드로 표현한다면

  _____

- 이번 글쓰기에서 내가 쓴 가장 멋진 문장은

  _____

05

카드 만들기.

자신의 어록 중에서 가장 마음에 드는 문구를 한두 개 골라 엽서나 카드에 적고 예쁘게 꾸며보세요. 그리고 눈에 잘 띄는 곳에 붙여두거나 가방에 넣고 다니면서 자주 읽어보세요. 당신을 새롭게 각성시키고 힘을 줄 것입니다.

06

고맙다, 노트야.

노트에게 작별인사를 고하세요. 노트는 당신이 어떤 모습이든, 괴로운 이야기였든 아니든 말없이 모두 받아줬습니다. 이 책이 안내하는 글쓰기를 거의 시도했다면 지금쯤 몇 권의 노트가 꽉 채워졌을 수도 있겠네요. 그 노트에게 진심을 담아 작별인사를 하세요. 2분입니다.

07

너를 응원해。

정말 마지막입니다. 자기 이해와 의식 성장을 위한 글쓰기를 완수한 것에 대해 한껏 칭찬해주세요. 그리고 마음 공부의 다음 단계 앞에 서 있는 자신을 진심을 다해 응원해주세요. 다음 단계에서는 또 어떤 일이 펼쳐질까요? 저도 당신을 진심으로 응원합니다.

08

024. 목록 쓰기: 100가지 이유 | 035. 내가 열받은 100가지 이유

캐슬린 아담스가 《저널치료》(강은주·이봉희 옮김, 학지사, 2013)에서 제안한 100가지 목록을
활용했습니다.

032. 내 감정의 특성

베스 제이콥의 《감정 다스리기를 위한 글쓰기》(김현희 옮김, 학지사, 2008)의 내용을 수정했
습니다.

034. 엿 먹어라

샌프란시스코 작가집단 그로토의 《글쓰기 좋은 질문 642》(박용호 옮김, 큐리어스, 2013)의 내
용을 일부 수정했습니다.

040. 감정이 보내온 편지

리사 젤손이 잡지 〈Breathe and make time for yourself: Mindfulness〉에 소개한 내용을
일부 수정했습니다.

064~067. 4일 연속 글쓰기

제임스 페니베이커의 《글쓰기치료》(이봉희 옮김, 학지사, 2007)에 나온 '4일간 글쓰기'를 일부
수정했습니다.

068. 3인칭으로 쓰기 | 069. 제3자 관점에서 쓰기 |
070. 전지적 작가 시점에서 쓰기

제임스 페니베이커의 《글쓰기치료》(이봉희 옮김, 학지사, 2007)의 내용을 응용했습니다.

094. 거리두기: 생각과 감정 묘사하기 | 095. 지옥에서 걸려온 전화 |
096. 내 버스에 올라탄 괴물

스티븐 헤이스·스테판 스미스의 《마음에서 빠져나와 삶 속으로 들어가라》(문현미·민병배 옮
김, 학지사, 2017)에 소개된 내용을 일부 수정했습니다.

107. 내 인생의 첫 경험

샤론 존스의 《Burn After Writing》의 내용을 응용했습니다.

111. 지구에 단 50명만 남았다면

샌프란시스코 작가집단 그로토의 《글쓰기 더 좋은 질문 712》(박용호 옮김, 큐리어스, 2013)의 내용을 일부 수정했습니다.

112. 미운 사람 칭찬하기

빌 루어바흐 · 크리스틴 케클러의 《내 삶의 글쓰기》(홍선영 옮김, 한스미디어, 2011)의 내용을 일부 수정했습니다.

119~120. 스프링보드

캐슬린 아담스가 《저널치료》에 소개한 내용을 수정 보완했습니다.

121. 문장완성형 글쓰기

줄리아 카메론의 《나를 치유하는 글쓰기》(조한나 옮김, 이다미디어, 2013)의 내용을 일부 포함시켰습니다.

124. 투사 글쓰기: 9단계 단어투사 놀이

한경은의 '사진치료' 강의에 소개된 내용을 수정 보완했습니다.

142. 너의 관심 따윈 필요 없어 | 143. 현실이 되는 소망 목록

마리사 피어의 《나는 오늘도 나를 응원한다》(이수경 옮김, 비즈니스북스, 2011)의 내용을 응용했습니다.

144~146. 가치 찾기

스티븐 헤이스·스테판 스미스의 《마음에서 빠져나와 삶 속으로 들어가라》(문현미·민병배 옮김, 학지사, 2017)와 빅토리아 폴레트 외의 《외상의 치유 인생의 향유》(유성진 외 옮김, 학지사, 2014)의 내용을 수정 보완했습니다.

151. 파랑새가 하는 말

본문에 소개한 꿈은 할 스톤과 시드라 스톤의 《다락방 속의 자아들》(안진희 옮김, 정신세계사, 2015)에 소개된 내용입니다.

graedobom

**모든 날
모든 순간,
내 마음의
기록법**　　ⓒ 박미라

초판 1쇄 발행 2021년 10월 19일
초판 4쇄 발행 2023년 11월 19일

지은이 박미라
펴낸이 오혜영
디자인 여만엽
마케팅 한정원

펴낸곳 그래도봄
출판등록 제2021-000137호
주소 04051 서울 마포구 신촌로2길 19, 316호
전화 070-8691-0072
팩스 02-6442-0875
이메일 book@gbom.kr
홈페이지 www.gbom.kr
블로그 blog.naver.com/graedobom
인스타그램 @graedobom.pub

ISBN 979-11-975721-0-4 03800